KB141716

다시 앉는 밤

yeon doo

용윤선
서간집

다시 앉는 밤

차례

@기형도 시인께

시 창작 시간, 교수님이 물었습니다.

"자네, 기형도 시를 읽은 소감이 어떤가?"

봄이었을 겁니다.

오늘처럼 맑았습니다.

맑은 날이 많지 않다는 것을 그때는 몰랐지요.

"교수님, 기형도의 시들은 평범한 것 같습니다."

나는 왜 그런 말을 했을까요.

자신을 잔인하게 괴롭히는 것은

결국 나였음을 몰랐습니다.

교수님이 다시 물었습니다.

"어떤 시들이 평범한가, 자네에게는?"

"「빈집」에서요.

이를테면… '사랑을 잃고 나는 쓰네.' …

이런 부분요."

교수님은 고개를 돌려 창밖을 바라보았습니다.

서른 번의 봄이 지나고

다시 봄이 되었습니다.

해마다 봄이 많이 다르다는 것도

알지 못한 채 살아왔습니다.

들기름을 넣어 무친 참나물과 보리를 섞어

아침밥을 해 먹고 유채꽃과 꿀이 든 따뜻한 차를

책상 위에 올려놓고 앉았습니다.

고백합니다.

'사랑을 잃고 나는 쓰네.'

2022. 봄 아침.

용윤선 드림.

@ 에디오피아 예가체프Ethiopia Yirgacheffee에게

자려고 침대에 누웠을 때
커피를 마시지 않았다는 것을 알게 되는 날이 있어.
오늘이 그래.
벌떡 일어났단다.

'어떻게 커피를 한 잔도 못 마셨단 말인가!
이게 사는 거야?'

얼마나 침울하고 절망스러운지 몰라.
내일은 큰 컵에 가득 커피를 내려
벌컥벌컥 마시게 될 거야.

커피를 잔에 따르는 걸 보면 욕심이 얼마큼인지
알 수 있단다.
나도 모르게 컵에 한 가득 따라서
잔 받침에 옮겨 놓기도 여간 힘든 게 아니야.

단, 조건은 있어.
맛있는 커피여야 해.
그래야 잔에 가득 따를 수 있는 거야.
그렇지 않을 때 커피를 잔에 가득 따르는 것은
지혜로운 일이 아니지.

어떤 커피가 맛있는 커피일까,
어떤 커피가 그렇지 않은 커피일까?
이것은 선과 악처럼 정하기 불가능한 일이지.
그래서 맛있는 커피와 그렇지 않은 커피에 대해
말하는 일은 금기시되는 일처럼 되었어.
적어도 내게는 그래.

혼자 정해 놓은 것은 있단다.
깨끗한 물을 정성스럽게 끓여 온도를 맞추는 일이
매우 중요하지.
적당한 추출 시간과 분쇄도도 중요하고.
너무 '맛있게 내려야지.'라고 생각하면
어깨에 힘이 들어 가.
힘을 빼고 숨을 자연스럽게 쉬면서 노래처럼 내리는
것이 중요한 것 같아.

물을 끓이면서 기도해.
기도할 수 있는 시간을 준 커피가
나는 언제나 기적 같이 기쁘지.

이런 걸 아는 데 많은 시간이 걸렸지.
알게 되던 날, 나는 직업으로서 커피 일을 그만두었어.
한 시절 모든 것이었던 커피에 대해 알게 되었다고
생각되던 날, 커피를 하는 일을 직업으로 하고 싶지
않아졌어.
커피가 이미 내 삶에 깊숙하게 들어왔기 때문이었을까,
아니면 내 커피가 별 맛이 없다는 것을 깨달아서였을까…
잘 모르겠어.

아마도 십여 년 커피 일을 했더니 지쳤을지도 몰라.
삼십 년은 하고 이런 말해야 하는 거 아닐까
죄책감도 들었지.
많은 것이 쉽지 않았어.
커피를 직업으로 하려면 커피만큼 커피를 사랑하는
사람들도 만나야 했지.
아무래도 사람을 만나는 일이
내 적성에 맞지 않는 것 같아.

그땐 몰랐단다.

커피를 사랑한다면 커피를 사랑하는 사람들에게도

같은 마음이어야 한다는 것을.

커피를 사랑하는 사람들의 마음이 내 마음에 들지 않았지.

내 마음이 뭐 그렇게 중요하다고

매일 내 마음만 생각했어.

마음에는 창문도 있고, 대문도 있는데 모두 닫아두었지.

좋았던 일도 많았단다. 행복했지.

세계의 많은 커피를 마셔 보았던 것 같아.

궁금한 것이 생기면 비행기를 타고 배를 타고 기차를

타고 바람처럼 떠나기도 했어.

그곳에 닿아보면 땀으로 범벅된 치열한 커피 역사에

마음이 아팠지.

커피 앞에서는 아픈 마음도 부끄러워졌고.

그런데 말이야,

나란 사람은 좋아하고 사랑하면 모두 알아야 해.

알고 싶어 잠을 못 이루지.

밤을 지새워 알아보고 직접 가보고 힘들어지고 지치고,

결국은 이별하게 되더라고.

너무 많이 사랑하는 일보다는 적당히 사랑하는 일이
더 아름다운 것 같아.
요즘은 적당히 사랑하려고 노력한단다.

에디오피아는 커피 하는 사람들에게 고향 같은 곳이야.
지도에서 에디오피아를 만 번도 더 찾아봤어.
세상에서 가장 아름다운 곳이 아닐까.

예가체프란 커피를 만났을 때는 늦은 밤이었어.
술을 마시고 집에 돌아가던 길목에 작은 커피집이 있었지.
따뜻한 커피를 한 잔 마시고 집에 가서 잠을 자는데 어떤
향기가 머리와 코, 그리고 입 안에서 가득 차올라서
여러 번 잠을 깼어.
이튿날 커피 집에 다시 가서 물었지.
바리스타가 그 향기는 예가체프의 꽃 향기와
과일 향기라고 말해주었어.
이를테면 쟈스민, 오렌지, 자몽 같은.

그날부터 에디오피아 예가체프를 사랑하게 되었지.
사랑은 그렇게 시작되었어.
이유가 없지, 그냥 사랑하게 되는 거야.

한동안 혼자 소망을 갖게 되었어.
예가체프가 사람이라면 결혼하고 싶다고.
사람하고만 결혼하라는 법이 어디 있겠니.

커피 일을 그만둔 지금에도 그 소망은 변함없어.
지금은 결혼보다는 같이 살고 싶다고 생각해.
결혼이란 형식은 너무 별로인 것 같아.
사람들의 질서를 위해 만들어놓은 것이지.
사실 나는 예가체프와 같이 살고 있는 게 맞아, 분명해.
거의 매일 예가체프를 마시고 있단다.
소망이 이루어진 걸까.

예가체프는 우주의 작품이야.
그래서 사랑하게 된 건 아니었지만,
사랑하는 것에 대해서는 칭찬의 말이 아껴지지 않잖아.

어느덧 나는 밤에 커피를 마시면 잠을 설치게 될 만큼
노쇠해졌어.
아침부터 늦은 오후까지 기쁘게 마시지.
예가체프가 가득 담긴 찻잔 앞에서는 두 손이 모아지고
눈에서는 별이 쏟아져.

그리고 기도하게 된단다.

한평생 커피를 마셔왔으니 생명이 다하는 날
내 몸이 흙이 되고 바람이 된다면
에디오피아 예가체프까지 날아갈 수 있으려나.
그럴 수 있다면 에디오피아 예가체프로 태어나서
부디 다른 생명들에게 기쁨과 사랑의
커피 한 잔이 되고 싶다고.

종일 커피를 못 마셨다는 생각에
벌떡 일어나 앉은 밤이지만, 한 번 더 기도할게.

"예가체프야, 내가 널 사랑한단다."

2022. 다시 일어나 앉은 밤.
용윤선 씀.

@ 마르그리트 뒤라스Marguerite Duras께

일주일에 삼사 일은 서재에서 보내고 있습니다.

서재에는 당신 사진이 한 장 있습니다.

『뒤라스의 말』이라는 책에 들어 있던 흑백 사진입니다.

당신 사진은 대부분 흑백이지요.

당신은 흑백 사진이 잘 어울립니다.

타자기가 있는 것으로 보아

원고를 쓰다가 찍은 사진 같습니다.

내가 아끼는 사진입니다.

서재는 집에서 천천히 걸어서 15분쯤 걸립니다.

자동차를 타면 5분이 걸립니다.

주차하는데도 5분 정도요.

주차를 잘하지 못하는 편이라서 자동차를 갖고

가까운 거리에 가는 일은 늘 신경이 곤두서지요.

고속도로를 달리는 걸 좋아합니다.

멈출 일이 많지 않고, 한적한 곳에는

주차하기가 좋거든요.
그래서 대부분 걸어서 옵니다.
승강기를 타고 서재에 문을 열고 들어와서
제일 먼저 하는 일은 창문을 여는 일입니다.
공간에게도 숨 쉴 수 있는 시간과 여백을 주어야 한다고
믿기 때문입니다.
일하지 않는 날에도 오직 서재 환기를 위해
일부러 오는 날도 있답니다.
당신의 흑백 사진은 벽에 붙어 있습니다.
꾸미지 않는 당신의 일생이 좋았습니다.
주름살이 많은 당신의 얼굴을 좋아하지요.
그중 내가 가장 좋아하는 것은 당신의 문체입니다.
흉내 내고 싶었던 어린 시절이 있었답니다.
나는 당신의 글을 번역된 책으로만 읽을 수 있지만,
당신의 문체는 번역을 초월하는 에너지를
갖고 있습니다.

서점에 자주 갑니다.
볼 일 보다 지나가는 길에 서점을 들리는 것이 아니라
서점을 가기 위해 집을 나서고 버스를 타고
지하철을 타고 걷습니다.

이른 봄이었을 겁니다.

해가 지고 있었지요.

어두워지기 전에 집으로 돌아가고 싶었기 때문에

걸음을 빨리 했습니다.

나는 어두워지면 눈이 잘 보이지 않습니다.

잘 보이지 않으면 두려움이 커지지요.

아직도 그날이 생생합니다.

서점은 지하에 있었습니다.

퇴근 시간과 겹쳐져 거리에 사람이 많았지요.

떠밀리듯 걸어서 서점으로 들어갔습니다.

어떤 책을 찾으러 서점에 갔는지는 생각나지 않습니다.

책을 보는데 열 시 방향으로 서 있는 뒷모습이

당신을 닮았습니다.

당신 같았습니다.

크지 않은 키에 코트 깃을 올리고

한 손은 주머니에 넣고 있었습니다.

뒤에서 봤지만, 알이 큰 검은 뿔테 안경을 썼고

단발이었습니다.

옆으로 언뜻언뜻 보이는 얼굴의 주름은

내가 좋아하던 당신의 주름이었습니다.

닮은 사람은 얼마든지 있을 수 있지요.
이따금 모르는 사람의 뒷모습을 보고 내가 알던
그 사람인가 싶어 유심히 볼 때가 있습니다.
지팡이를 짚고 모자를 쓰고 걸어오는 어르신을 볼 때면
돌아가신 내 할아버지인가 해서
걸음을 멈출 때도 있습니다.
그날도 그런 일일 거라고 생각했습니다.

당신 같았습니다.
당신이었습니다.
보던 책을 제자리에 꽂아두고
서점을 나가는 당신 뒤를 따라갔습니다.
서점 밖은 어느새 어두워져 있었습니다.
거리에 전철역으로 걸어가는 사람은 더 많아졌습니다.
키가 크지 않은 당신과 나는 사람들과 반대 방향으로
걷고 있었습니다.

어디로 가는 중이었습니까.
근처에 호텔이 있나 생각하면서 당신을 쫓아 걷는데
당신은 1996년에 세상을 떠났고,
나는 2016년에 몽파르나스에 가서

당신 무덤 앞에 오래 서 있었던 생각이 났습니다.
다시 태어난 것입니까.
다시 태어났다고 해도 같은 모습일 수는 없지 않을까요.
같은 모습으로 태어날 수 있다고 해도 그날 당신은
노인의 모습이었는데요.
복잡한 마음으로 당신을 쫓는데 당신이 보이지
않았습니다.
오른쪽으로는 식당들이 있었고,
왼쪽으로는 횡단보도가 있었습니다.
어느 쪽으로 걸어갔습니까.
어느덧 나는 전철역에서 한 정거장 정도
멀어져 있었습니다.

집으로 돌아와 비스듬히 소파에 앉았습니다.
저녁 일을 다시 떠올려 보았지요.
당신처럼 내 앞에도 와인이 한 잔 놓여 있었고요.
며칠간 정말 당신이었다는 생각을 했던 것 같습니다.
요즘도 일 년에 몇 번 당신의 책이 출간되고 있습니다.
여전히 당신의 문체는 살아 움직이고 빛이 납니다.

당신을 보았다는 이야기는 아무에게도 할 수 없고

하지 않습니다.
적어도 당신을 아는 사람에게 해야지 들어줄 테고,
들어준다고 해도 그 다음을 예측할 수 없습니다.
누군가를 따라가는 일은 없지만,
따라가고 싶은 사람을 찾는 건 아닐까
생각이 들 때가 있습니다.

오늘은 도시락을 싸서 서재에 왔습니다.
쌀에 옥수수 알맹이들을 넣어 밥을 했고요.
달걀을 삶았습니다.
반찬 가게에서 산 우엉조림과 마른 김,
그리고 주말에 먹다 남겨진 메론 몇 알을 넣어 왔습니다.
책을 읽다가 도시락을 우적우적 먹는데
당신 사진이 눈에 들어 왔습니다.
이상해요.
당신 사진을 보면 와인이 마시고 싶네요.
서재 냉장고에는 늘 보르도 와인이 한 병 있습니다.
오늘은 한 잔 따라서 도시락과 함께 해볼까요.
당신은 서재 안에 늘 있지만,
사진을 보면서 당신 생각을 하는 첫날인 것도 같아서
기억해야겠습니다.

요즘 하는 혼자만의 한 가지가 있답니다.

기억하고 싶은 것이 있을 때는 눈을 뜨고

마음속으로나 입 밖으로 한 번 말하고 눈을 감습니다.

그러면 몸과 영혼에 저장된다고 믿어집니다.

눈을 뜨고 말합니다.

“뒤라스! 당신을 위하여!”

눈을 감습니다.

2022. 해 질 무렵.
용윤선 드림.

@김진영 철학자께

안녕하세요.
신문 칼럼으로만 읽다가 선생님 글들이
책으로 몇 권 나왔다는 것을 알게 되었습니다.
비 오는 여름 날, 지리산 숙소였을 겁니다.
나무로 만들어진 집이었고, 방바닥이 뜨끈뜨끈 했지요.
숙소 앞 계곡 물이 우렁차게 흘러가는 소리를 들으며
뒹굴뒹굴 누워서 선생님 책들을 읽었습니다.

세상을 떠나셨더군요.
아니, 돌아가셨다는 말이 맞을 것 같습니다.
죽음이란 사랑, 미움, 기쁨, 괴로움 같은 감정이
비로소 끝나고 자유의 길에 들어서는 것이 아닌가
생각하고 있습니다.
떠났다는 말보다는 돌아가셨다는 말이 맞는 것
같습니다.

선생님 글에 관심을 갖게 된 것은
선생님이 롤랑 바르트의 『애도의 일기』를 번역했다는
사실을 알고부터입니다.
선생님 글 속에서는 평생 좀처럼 알 듯한 말 듯한
마르셀 프루스트의 작품 이야기를
종종 만날 수 있었습니다.
읽으면서 고개를 끄덕였지만, 지금도 프루스트의 글을
이해했다고는 생각하지 않습니다.
조금 더 친해졌다는 느낌입니다.

바르트의 글들을 좋아합니다.
『사랑의 단상』도 좋지만,
『애도 일기』에서 '마망'이라고 부르던
수많은 문장은 노래이거나 시 같아서
마음에 오래 남아 있습니다.

홍차와 마들렌을 질서정연하게 차려놓고
『잃어버린 시간을 찾아서』를 읽었습니다.
아휴, 참…. 이런 고백을 하다니요!
프루스트는 『잃어버린 시간을 찾아서』를 썼던 내내
크라상과 우유가 든 커피를 먹었다는

기록도 보았습니다.
그래서 한동안 크라상과 커피에 우유를 부어
장복한 일도 있었으니까요.
재미없는 혼자만의 이야기들을 적고 있군요!
먹는 대로 살게 된다는 말을 믿기 때문이었고,
그렇게라도 따라해서 글을 잘 쓸 수 있다면
불 속으로라도 기꺼이 들어갈 것이라는
욕망이 있었던 것 같습니다.

"누나의 문장들은 좀 더 정돈할 필요가 있어."

몇십 년 만에 만난 후배에게 이런 말을 들었습니다.

웃으면서 헤어졌지만, 그후로는 후배를 만나지 않습니다.
후배 말이 맞는데, 용기를 내서 해준 말일 수도 있을 텐데
그러다가 '저나 잘 쓰지.'… 이불을 발로 차면서…
지금은 잊어버리고 살게 되었습니다만,
이렇게 또 생각이 납니다. 하하하!

선생님 책에는 아침 커피와 담배, 피아노 이야기가
있고요, 음악 이야기를 여러 번 하셨습니다.

자식이 많아 돈이 꾸준히 필요했던 바흐는
평생 수많은 작곡을 했지요.
바흐도 아침마다 다락방으로 올라갈 때
커피와 담배를 준비했습니다.
아침마다 나는 뭘 하나 생각해보게 되는데요.
식구들 식사 준비를 하고 식사가 끝나면 정리하고
책을 읽습니다.
내 모든 시간은 책을 읽기 위해 준비하는 시간이라는
말이 맞습니다.
물론 글을 잘 쓰는 사람이 되고 싶었던 적도 있었지요.
지금도 마찬가지입니다.
살면서 여러 가지 일을 해보았는데요.
책을 읽는 일이 가장 좋았습니다.
책을 읽는 일보다 더 좋은 일을 발견하지 못했고요.

선생님이 말씀하셨지요.

'결국 그렇게 먼저 배운 것으로 돌아간다.'

알면서도 길을 돌아서 걸었고,
가끔 다른 길이 있나 살피는 일을 멈추지 못했습니다.

인생이란 경험이 전부이지요.
직접 겪지 않고는 몸은 알 수 없으니까요.

'한 생을 사는 건 자기의 몸과 혼을 만들어 완성하는
일이고, 그렇게 생을 통해 지어진 몸과 혼을 합해
우리는 그 사람의 인생이라고 부르는 건지 모른다.'

많이 좋아하는 문장입니다.
외우지는 못하고요.
떠오를 때마다 여러 번 소리 내서 읽습니다.
어떤 길을 가든, 그 길이 가파르든, 가다가 호랑이가
나오든, 무지개가 뜨든 자기만의 지도를 만들게 되는
것이 인생인 것 같습니다.
선생님의 지도에 커피와 담배가 있고 피아노가 있어
읽으면서 즐거웠습니다.

선생님은 꿈 이야기도 많이 하셨는데요.
꿈에 대해 하고 싶은 말이 많습니다.
꿈을 많이 꿔서 괴로움 이상 고통의 시간도 있었지만,
요즘에는 꿈이 잘 생각나지 않고요.
물론 해가 지거나 잠잘 시간이 되면 문득 지난밤의 꿈이 생각나서 '참 빨리도 생각나는군.' 할 때도 있지만요.

우연히 음감회에 가게 되었습니다.
음악 감상회의 줄임말이라고 하더군요.
줄임말은 좋아하지 않는데 '음감회'라는 말에는
거부감이 없습니다.
부드러운 소리 'ㅁ' 받침이 연이어 있어 유연하며,
거센 소리 'ㅎ'이 든든하게 우뚝 서 있기 때문일까요.

음감회에 다니게 되면서 꿈이 더 생각나지 않고
새벽에 깨는 일도 거의 사라졌습니다.
이러다 다시 새벽마다 깨서 돌아다닐 수도 있겠습니다만,
음악에게 치유 받는 것 같습니다.
음악이 뇌파를 안정해주기 때문이라고도 하는데요.
꿈에 대한 책들을 읽어볼까 싶기도 합니다.

선생님의 꿈 이야기를 더 많이 읽고 싶었답니다.
아도르도, 벤야민, 바르트, 그리고 프루스트의 꿈에
대한 사유를 선생님의 언어로 이야기 해주시는 글을
기다렸습니다.
그곳에서 써주실 수 있겠습니까.

그곳에서 써주신다면 이곳에서도
언젠가는 접하게 될 수도 있겠고요.
떼를 쓰는 건 아닙니다.

책을 읽으면서 모르는 말이 나오면 사전을 찾고,
궁금한 길이 나오면 지도를 보는 습관이 있습니다.
찾아보고 바로 잊어버리는 일이 다반사이긴 합니다만.
몇 년 만에 선생님 책들을 다시 읽었습니다.
지리산, 바닥이 뜨끈뜨끈한 나무집 숙소는 아니지만,
오래 헤매다 작고 어두컴컴한 서재를 마련했답니다.
그때는 생각하지 못했던 것에 대해 생각할 수 있었고요.
그때 생각했던 것을 지금은 떠올릴 수 없는 것들도
있습니다.
오늘은 '신생, 무연히, 생래적'이라는 낱말을
찾아 봤습니다.
그때도 찾아보지 않았을까요.

이렇게 혼자 지내는 시간이 소중합니다.
사전을 찾고, 지도를 보는데 울리는 전화벨 소리에는
매우 신경질적이 됩니다.
식구들은 못됐다고 비판하지만, 이 시간을 위해

잠을 자고 식사를 준비하고 은행 일을 보고 청소하고
병원에 다녀왔는데 말입니다.

혼자 신경질을 내다가 『아침의 피아노』를 읽으면
반성이 됩니다.
손님은 잘 대접해 보내야 한다는 옛사람들의 말이
있다고 하셨지요.
그 말을 잊지 말아야 하는데 말입니다.
『아침의 피아노』에서 8월 이후 글들은
다른 글들보다 무척 짧습니다.
무엇을 의미하는지 알고 있답니다.
그래서 「이별의 푸가」, 「낯선 풍경들」의 긴 글들이
소중했습니다.
짧고 명료하게 글을 잘 쓰고 싶었던 욕망에
시달리면서도 이토록 중언부언 쓰고 있습니다.

진실을 알려주고 떠나서 절대로 돌아오지 않는
사람이 되셨습니다.
이것이 사랑과 세월 사이의 비극이라고 하셨지요.
비극 안에 책상이 있는 작고 어두컴컴한 방이
하나 있습니다.

책상 위에는 잔을 가득 채운 뜨거운 커피 한 잔과
책이 몇 권 있습니다.
그 책을 소리 내어 읽는 사람이 있습니다.
창밖에는 비가 내리고,
사람들이 우산을 쓰고 걸어갑니다.
책을 읽는 사람은 오늘도 사전과 지도를 이따금씩
들여다보면서 앉았습니다.

선생님! 평생 사랑할 수 있는 책 한 권을 만나
행복하다고 하셨지요.
오래 헤매다 마련한 이 방에서
『잃어버린 시간을 찾아서』를 조금 더 읽다가
돌아가려 합니다.

2022. 춘분.
용윤선 드림.

@ 산도르 마라이Sandor Marai께

편집자와 이야기를 나누고 집으로 돌아오는 길에
옆 동으로 들어갔지 뭐예요.
지난번 책을 쓸 적에는 출판사에 다녀오는 날이면
항상 지하철을 거꾸로 탔던 것이 생각납니다.
다행히 순환선이어서 오래 앉아 있으면
집에 올 수 있었습니다.
그때는 아홉 달 동안 매번 지하철을 거꾸로 탔습니다.
오늘은 승강기에서 내리자
문 앞에 어린이 자전거들이 있었습니다.
덕분에 남의 집이란 것을 알았지요.
무심코 벨을 눌렀으면 그 집에 사는 사람이
얼마나 놀랐겠어요.

지도에서 슬로바키아 코시체에 가는 길을 찾아봤습니다.
스물한 시간이 걸리고 두바이, 이스탄불,
그리고 바르샤바에서 한 번의 경유가 있습니다.

지도로는 몽골, 러시아, 그리고 우크라이나를 지나면
당신이 살던 집 코시체가 있습니다.
하늘 길은 땅의 길과 조금 다르겠지요.
한국에서 코시체까지 기차가 생긴다면 얼마나 좋을까요.
만약 생긴다면 기부금을 낼 의사가 있답니다.
그런 날이 올까요.

러시아가 우크라이나를 침략했습니다.
우크라이나 사람들은 국경을 넘어 피난길에 들어섰고요.
폭격을 피해 아이를 출산하는 산모들과
혼자 국경을 넘는 소년이 뉴스에 나옵니다.
전쟁을 역사 속 이야기로만 알고 지내다가
지금도 일어날 수 있는 일이라는 생각이 들었습니다.
타인의 운명과 내 운명은 다를 것이 없다는 것을
이제는 알고 있기 때문일 겁니다.

당신은 20세기의 이념 체제들을
거의 겪었던 것 같습니다.
당신이 태어나서 살던 그때가 지금보다 불안했을까요.
지금 더 불안해진 걸까요.
전쟁이 아직도 존재할 수 있다는 것이 충격적입니다.

백 년간 많은 상황이 좋아지지 못했습니다.
지구도 많이 상했습니다.
누구의 탓을 할 생각은 없습니다만 시간이 간다는 것은
좋아지지 않을 가능성을 갖고 있다는 쪽에 믿음이 갑니다.
앞으로 희망이라는 것을 가질 수 있을까
의심스럽기도 하고요.
나는 어떤 희망을 품고 살아왔던 걸까
생각해보기도 합니다.
무엇을 이루었고, 무엇을 이루지 못했을까….
희망은 형편과 관계없이 생겨나는 것 같기도 합니다.
가만히 생각해보면 지금도 나는 뭔가 희망하고 있습니다.

지도에서 당신의 집으로 가는 길을
검색하는 것도 그렇고요.
오늘 저녁에 새롭게 열 피노누아의 온도가 좋았으면 하는
바람도 그렇습니다.
그러고 보니 내게 희망이란 소소한 것들이군요.
나는 소소한 것들조차 포기하지 못하는
유약한 마음을 갖고 있습니다.
십여 년 전 당신의 집에 찾아갔던 일도
이런 마음에서 시작했을 겁니다.

한국에서 출간된 당신의 책을 모두 읽고
당신의 집에 찾아갔습니다.
부다페스트에서 기차를 타고
새벽에 코시체에 내렸습니다.
숙소에 들어가 잠깐 잠을 자고
이튿날 아침부터 집을 찾아 다녔습니다.
못 찾고 돌아가겠구나 생각했습니다.
출발하는 날 새벽 아쉬운 마음으로
어둠 속을 걷는데 당신이 눈앞에 있었습니다.
당신이 살던 집 앞에 당신의 동상이 있었지요.
평소 사진 찍는 일을 좋아하지 않는 나는
당신 옆에서 셀카를 막 찍어 댔습니다.
좋아하는 사람을 만나면 가제트처럼 팔을 늘여서
셀카를 찍는 사람들의 마음을 그때 알았습니다.
새벽이어서 망정이지 사람들이 있었다면
저 동양인 대게 부산하네… 그랬을 것 같습니다.

기차를 놓치지 않기 위해서 돌아가야 했지만,
꼭 다시 오겠다고 말했습니다.
꽃을 갖고 오겠다고 했을 겁니다.
나는 꽃보다는 화분을 좋아합니다.

꽃은 거의 사지 않습니다.
바라보기 위해 꽃을 꺾는 일에 반대합니다.
평소에는 이런 말은 못합니다.
비난 받을 용기가 없거든요.
이따금 꽃을 선물 받는 일이 있기도 하고,
그들의 고마운 마음을 알고 있기 때문이기도 하겠지요.
당신에게는 솔직하고 싶습니다.
화분을 갖고 오겠다고 왜 말하지 않았던 걸까요.
아마 다음 기차를 탈 수 있을까 생각하느라
마음이 복잡했을 겁니다.
낯선 나라에서 화분은 어찌 사나 싶었을 수도
있었겠습니다.

다시 가게 될 것입니다.
다시 가고 싶습니다.
다시 갈 것입니다.
코로나 바이러스 감염 시대가 끝나고,
러시아와 우크라이나의 전쟁이 끝나면
나는 당신을 만나러 갈 것입니다.

그때 두바이에서 경유했는지

이스탄불에서 경유했는지 생각이 안 납니다.
언제부턴가 지난 일들이 잘 생각이 나지 않습니다.
지나치게 오래 사는 일은 분별없는 짓이라고
당신은 말했습니다.
가끔 그 말을 생각하면서 지난 일들이 잘 생각나지 않는
지금 상태도 어디론가 가는 중임을 알겠습니다.
어디로 가게 되던 내가 바라는 쪽일 거라고 확신합니다.

사람이란 결국 자신의 의도대로 가게 됩니다.
물론 그렇지 않을 때도 있을 겁니다.
그렇지 않을 때라도 그 안에 원인이 있습니다.
무의식이 원인이 될 수 있다는 것을
최근에 알게 되었습니다.
답을 찾고 있던 것을 아주 조금 알게 된 기분이었답니다.

당신이 어디선가 다시 태어났을 것이라고 믿었습니다.
얼마 전까지 사람이 그대로 다시 태어난다고
생각했으니까요.
어쩌면 다시 태어난 당신이 내가 아는
어떤 사람일 수도 있을 거라고 믿었습니다.
그러나 사람은 그대로 다시 태어나는 것이 아니라

그 사람을 이루던 몸은 자연의 일부가 되고,
감정과 마음은 다른 감정과 마음으로 합쳐져서
새로운 존재가 된다는 것을 알았습니다.
새로운 존재는 다른 몸을 만나서
다시 새로운 존재로 태어난다는 것까지요.
그러니 당신은 이제 없는 걸까요.
당신이 없다고 생각하면 그럴 수도 있겠구나! 하고
머리로는 가능한데 믿기지는 않습니다.

당신이 20세기 내내 이국에서 살면서
가장 잘했던 것이 무엇인지 압니까.
헝가리 말로 글을 남겼다는 것입니다.
물론 한국에서는 독일어를 번역한 작품들이
출간되었습니다.
중역이지만, 그래도 나는 고맙습니다.
말이 갖는 에너지를 확신하니까요.
당신이 하고 싶었던 말을 나는 다 이해하니까요.

태어난 헝가리를 떠났다가
헝가리 말로 글을 쓰기 위해 헝가리로 돌아갔고,
게오르크 루카치의 비난을 받고, 다시 헝가리를

떠날 수밖에 없었던 당신의 시간을 떠올려봅니다.
헝가리를 떠나와서 헝가리 말로 글을 썼던 시간들도요.
루카치에 대한 조사도 해보았습니다.
왜 마라이 당신을 비난했는지 알고 싶었거든요.
그것이 타당하든 설득력 있든 상관없이
이유를 알고 싶었습니다.
루카치의 저서는 읽지 않았습니다.
내가 생각하는 마라이에 대해
어떠한 영향도 받고 싶지 않았습니다.

이를테면 이런 것 아닐까요.
사람들이 친구를 비난하는 것을 알고는 있지만,
생각하지 않는 태도.
나는 이러한 성향이 강했습니다.
지금은 그렇지 않습니다.
살면서 이러한 성향이 내게 회한을 안겨주었던 적이
있었습니다.
당신은 예외더군요.
그것은 당신이 이 세계와 다른 차원의 세계에
존재하기 때문일 겁니다.

사람이란 이해관계가 생기면
다른 모습을 보이기도 합니다.
나도 그렇답니다.
당신의 작품을 모조리 사랑하지만,
당신과 이해관계가 생긴다면 외면할 수 있을 것입니다.
그래서 좋아하고 사랑하는 일에는 늘 자신이 없습니다.
그러다 보니 관심도 사라졌습니다.
당신의 작품을 사랑했고, 그 마음으로 당신을 찾아갈 수
있었고, 이토록 다시 가고 싶은 마음을 또 갖게 된 이유는
당신은 만날 수 없는 사람이기 때문인 것 같습니다.
쓰고 보니 내가 비겁한 인간으로 생각됩니다만,
솔직했으니 후회는 없습니다.

종일 말을 안 하고 지내는 날이 대부분이다 보니
두서없이 말이 길었습니다.

60년간 완벽하게 합일했던 아내, 그리고 아들이
세상을 떠나고 당신은 권총을 샀습니다.
어느 날은 권총 다루는 법을 배우기 위해
경찰 강좌를 들으러 갔습니다.
그렇게 당신은 돌아가는 길을 준비했습니다.

권총을 사겠다는 의미는 아니지만,
나도 그러려고 합니다.
내가 돌아가고 싶은 길을 찾아
당신처럼 조용히 잘 준비할 것입니다.
당신은 모든 것이 흘러간다는 것을 알고 있었습니까.
유언대로 태평양과 한 몸이 되었습니다.

나고야에 가면 태평양 연안 아이치현이 있습니다.
아이치현 내해 모래사장에 앉아 반짝이는 바닷물을
바라보며 당신을 생각했던 적도 떠오릅니다.
당신을 그곳에서도 만났군요.
공기와 닿아 있고, 바람과 닿아 있다면
닿아 있는 것일 겁니다.

마라이!
당신 앞에 작은 화분을 들고 있는 사람이 보이면
나라고 생각하십시오.

2022. 비 오는 날.
용윤선 드림.

@ 헤르만 헤세Hermann Hesse께

눈을 감고 숨을 바라보는 시간을 가장 좋아합니다.
오늘 읽은 책에서 당신이 호흡 명상을
오래했다는 것을 알았습니다.
반가운 마음입니다.

열세 살이었을 겁니다.
2층 거실에는 피아노 옆에 책장이 있었습니다.
책이 많았습니다.
『데미안』을 펼쳐본 날이었습니다.
좋은 책이라는, 필독서라는 이야기는
어디선가 들었을 겁니다.
그렇다면 나도 읽어야겠다….
생각했던 것 같습니다.

그렇게 재미없는 책은 처음이었답니다.
스무 살이 넘어 다시 읽었습니다.

아무도 없는 시간을 틈타서 혼자 방문을 잠그고요.
이유는 스무 살이 될 때까지 『데미안』의 내용을
전부 알지 못한다는 것이 창피했기 때문이었습니다.
재미없다는 것밖에는 생각나는 것이 없었습니다.
스무 살 무렵에도 답답하고 고리타분하다고
생각했던 것 같습니다.
유명한 고전은 다 이렇겠지….
자신을 위로하면서 내용을 다 알고 있다는 것만으로
만족하기로 했습니다.

아주 많은 시간이 흐른 후 단골 서점 직원에게
『헤세로 가는 길』을 선물 받았습니다.
아마 단골 서점 직원은 내가 당신의 책을
좋아할 것이라고 생각한 것 같았습니다.
당신의 이야기를 글과 사진으로 기록한 책인데
아름답더군요.
선물을 보내준 단골 서점 직원에게 잘 읽었고
좋았다는 문자를 보냈습니다.
단골 서점 직원은 그럴 줄 알았다고 하더군요.
그리고 나는 또 당신을 잊었습니다.

사는 일은 힘들다는 것 이상으로 어려웠습니다.
명상을 하게 되었지요.
고타마 싯타르타가 궁금해졌습니다.
그렇게 당신의 책 『싯타르타』를 읽게 되었습니다.
재미없는 『데미안』을 쓴 당신이 『싯타르타』를 썼다니….
인생은 하나라고만 생각했던 나는 팔십삼 년을 살았던
당신의 인생도 하나일 것이라고 믿은 겁니다.
당신의 삶, 당신의 시간이 무수히 많았다는 것을
발견했습니다.
무수히 많은 시간 가운데 어디쯤부터는 지금의 내가
가장 열광하는 내용들로 가득 차 있었습니다.

융의 책을 읽으면서 당신이 융에게 정신 상담 치료를
받았다는 것을 알게 되었습니다.
사람들을 위로한 당신에게도 절박했던 것이 있었군요.
아버지가 세상을 떠나시고 부인과 아들이 아팠던
직후라고 들었습니다.
이 순간 두 손 모아 당신에게 위로를 보냅니다.

당신은 온전하고 완벽하게 보였습니다.
정원을 가꾸고 그림을 그리면서 삶을 완성한

당신의 모습이 내게 그런 확신을 주었습니다.
세상을 떠나기 전날에도 써두었던 시를 고쳤다는
후일담은 그 확신을 견고하게 했기 때문입니다.
사람의 시간이란 아무도 알 수 없는 것이 맞는 것
같습니다.

아브락사스, 신이면서 사탄인 아브락사스가 바로
우리라고 했습니다.
밝은 세계와 어두운 세계를 동시에 갖고 있지만,
우리가 나무 랄데 없는 정상인이 되면 아브락사스는
떠날 것이라고….
당신이 말했습니다.

이토록 은밀한 우주의 비밀을 발견할 때까지 당신의
시간에도 여러 가지 빛이 있었던 것 같습니다.
당신의 책을 읽을 때면 눈 안이 따뜻해집니다.

열세 살 무렵의 내가 서슴없이 단정했던 재미없는 책
『데미안』의 데미안은 융과 만난 닷새 후에 꾸었던 꿈에
등장한 인물이라는 이야기를 보았습니다.
그리고 당신은 『데미안』을 집필했습니다.

날이 맑고 창밖이 선명한 날입니다.
지금 커피를 한 잔 마셨습니다.
읽고 있는 융의 책에는 당신이 여러 번 나옵니다.
요즘 나는 융의 집단 무의식에 관심이 많습니다.
시작은 융의 『적극적 명상』을 읽은 후입니다.
어려웠던 시절 읽었던 『싯타르타』도 생각나고요.
당신 생각이 났습니다.
단골 서점 직원에게 선물 받았던 『헤세로 가는 길』도
생각나고요.

사는 일은 퍼즐을 맞춰가는 일일까요.
다 맞추고 나면 그것이 '나'일 것 같습니다.
다 맞춰볼 수나 있을까요.
맞춰가는 과정에서 어쩌면 나일지도 모르겠다는 불안과
상상이 한동안 시간을 정지할 수도 있겠습니다만,
에너지는 잠을 자는 시간에도 갈 곳으로 흘러가고
순환할 것입니다.

숨, 호흡을 이야기하다가 여기까지 왔습니다.
숨을 쉬고 있다는 것이 기적처럼 생각될 때가 있습니다.
분명 당신도 그랬을 거라 상상합니다.

숨을 쉬면서 고맙다는 생각을 합니다.
반대로 숨 쉼이 규칙적이지 못할 때는 불행을 느낍니다.
그럴 땐 방법이 있긴 합니다.
얼른 원래의 숨으로 돌아가는 것입니다.
가장 좋은 방법은 내 몸 안을 들여다보는 것입니다.
껌껌한 바다였던 몸 안이 조금 보이기 시작하고
그 안의 식도, 위, 폐, 신장, 그리고 갈비뼈들이
조금씩 보이기 시작합니다.
물론 보이지 않는 날도 많습니다.
크기와 색깔이 모두 다르지요.
보이기 시작하면 고마움과 편안함이 찾아옵니다.
모든 것이 기적 같습니다.

당신의 빛나는 수많은 말 중 요즈음 나를 아프게 하는
말이 있습니다.
지금의 아픔은 몇십 년 후에는
진리 같은 것으로 바뀔 수 있을 것이라고 알고 있습니다.
『데미안』을 재미없다고 했던
열세 살의 시간이 있었던 것처럼.

'우연한 일은 없습니다.'

헤세! 과연 그렇습니까.

정말 우연한 일은 없는 겁니까, 확신할 수 있습니까.

지금 여기에서의 일들이 우연히 일어난 것이 아니라는

당신의 말이 나는 아픕니다.

2022. 맑고 선명한 날.

용윤선 드림.

@ 이승훈 선생님께

아침 산책길에 도라지꽃을 보았습니다.
도라지꽃을 보면 도라지 담배가 떠오르고 도라지 담배
연기에서 나던 약초 냄새가 나는 것 같습니다.
담배 피우시며 맥주 한 병에 직사각형으로 자른
마른 김을 드시던 선생님 모습도,
박카스 드시던 수많은 날도 생각납니다.

몇 년 전에는 백두산 천지로 올라가던 길목에서
보랏빛 꽃들을 드문드문 보았습니다.
한국 말을 귀엽게 쓰던 가이드에게 도라지꽃이냐고
물었더니 그는 '예쁜 꽃'이라고 대답하더군요.
백두산 천지에서도 하늘은 드높았고요.
선생님이 계신 곳은 알 수가 없었습니다.

어디 계세요? 선생님.

건강하게 태어나고 싶다고 하셨잖아요.
건강하게 태어나셨겠지요.
그럼요, 당연해요.
건강하게 태어나셨을 거예요.

선생님이 돌아가셨다는 소식을 들은 날로부터 이틀을
울면서 지내고 있는데 지인이 떡을 사서 왔었답니다.
울면서 떡 한 접시를 혼자 다 먹었습니다.
지인에게 먹어보라는 말도 할 틈이 없이.
떡을 다 먹고 어느새 힘이 났는지
다시 힘차게 대성통곡을 했습니다.

인생은 짧지만, 생각보다 긴 것 같아요.
글을 쓰는 사람들과 알고 살던 시절을 지나
한창 때는 커피를 하는 사람들과 가깝게 살았습니다.
요즘은 명상하고 요가하는 사람들과
비교적 자주 이야기를 나누며 살고 있어요.
그때그때 하고 싶은 것을 하며
살아가는 것 같습니다.
삶이 얕고 가벼운 것 같은데요.
어쩌면 깊고 무겁게 살 끈기 같은 건

애초에 없었던 것 같습니다.

글을 쓰는 사람들과 알고 지내던 시절에는
마냥 행복했던 것 같아요.
행복했지만, 앞날이 막막했지요.
막막한 앞날들이 두렵진 않았지만,
막막하지 않은 앞날도 궁금했어요.
그래서 커피를 하게 된 것 같기도 하고요.
커피는 앞날이 반짝였습니다.
그때는 그랬지요….
지금은 잘 모르겠습니다.
커피 하는 사람들과 이야기하고 있으면 꿈에 젖게 돼요.
꿈을 향해 빠르게 걸어가게 되지요.
커피에게 향기가 있기 때문이었을까요.
선생님도 커피 좋아하셨는데요.

몇 년 전부터는 우주가 궁금해졌습니다.
우주에서 일어나는 일에 어떤 규칙이나 원리가 있을까
몹시 궁금했어요.
왜 궁금한 것에 지치지 않는지 모르겠어요.
니체나 융의 글을 읽고 있으면 선생님이 칠판 한 가득

그들의 철학을 설명하던 시간들이 떠오를 때가 있어요.
그때 잘 들어둘 것을…. 아쉬울 때도 많습니다.

아직은 명상하고 요가하는 사람들의 이야기를
다 이해하고 있진 못하지만, 최소한 그들은
우리는 모두 같다는 전제를 하고
생각하고 말하고 행동하는 것 같아요.

생각해보면 글도 커피도 명상과 요가도
모두 순수하고 경이로웠습니다.
그들에게 가까이 몸을 대고 사는 사람들이
각양각색이고요. 저도 각양각색에 일조한 바가
적지 않을 겁니다.

선생님이 몸소 보여주신 사물에 대한 관심이
외롭지 않게 살아가는 데 큰 힘이 됩니다.
선생님처럼 의자를 사랑하고 플라스틱 컵을 좋아하고
볼펜 한 자루를 몸에 지닙니다.
몸과 마음이 든든해지지요.

요즘도 도라지 담배를 판매하는지 모르겠어요.

박카스는 지금도 살 수 있습니다.
도라지 담배를 발견하면 햇빛이 좋은 날에 깊은 숨으로
한 대 피워보고 싶습니다.
시집 『사물들』을 다시 읽어보면서요.
선생님의 모습을 재현해보고 싶은 것은 아니에요.
선생님의 마음을 느껴보고 싶기 때문일 테지요.
몸은 세상에 있지 않지만,
마음은 있을 수 있지 않겠어요.
마음을 에너지라고 생각하고 있습니다.

이사할 때마다 선생님 책들을
모두 들고 다니고 있습니다.
책이 많으니 이삿짐을 옮기는 사람들이 화를 내요.
비용을 다 받고도 화가 나나 봅니다.
언젠가부터 책은 스스로 옮깁니다.
바퀴 달린 여행용 가방에 책을 넣고 옮기면
그나마 수월합니다.
물론 자동차에 싣고 내리고 할 때
허리가 위태롭긴 하지만, 조심조심 하면서요.
이번 서재를 이사하면서도 스스로 옮겼답니다.
커다란 여행용 가방이 네 개가 있거든요.

거기에 책들을 넣어 한 스무 번쯤 옮기면 됩니다.
물론 선생님 책은 첫 번째로 옮깁니다.
책을 옮기는 데는 순서가 있답니다.
그 순서를 지킬 때 잘 살고 있다는 생각이 듭니다.

지금은

"자네는 몇이나 되었는가?"

물으셨던 선생님 나이쯤 되었습니다.

이제는 서재를 옮길 엄두가 나지 않지만,
다시 옮길 일이 생길 수도 있겠지요.
그때도 씩씩하게 옮겨볼 생각입니다.

2022. 도라지꽃과 조우한 일요일.
용윤선 드림.

@ 카를 구스타프 융Carl Gustav Jung께

아침에 부엌에 들어가면 제일 먼저 하는 일이
물을 끓이는 일입니다.
뜨거운 물을 마시기 위해서지요.
여름에도 첫물은 뜨겁게 마십니다.

"안녕?"

주전자에게 인사합니다.

"밤새 잘 지냈니?"

정수기에게 인사합니다.
당신처럼 인사합니다.

당신이 아침마다 부엌에 들어서서 냄비, 주전자,
프라이팬에 인사한다는 글을 본 적이 있습니다.

평생 같은 냄비, 주전자, 프라이팬을
사용했다고 하던데요.
내 주전자는 여러 번 바뀌었답니다.
주전자와 헤어질 때 아쉬웠던 기분을
조금 알 것 같습니다.
오래전부터 물을 끓일 때는 기도합니다.
그때는 커피를 추출하기 위한 물이었지요.
당신은 냄비, 주전자, 프라이팬처럼
항시 사용하는 것들을 친구로 여기라고 했습니다.

당신을 처음 알게 된 것은 스무 살 무렵입니다.
교양 수업으로 심리학을 들었거든요.
심리학 교수님이 재미가 없었습니다.
이제와 생각해보니 당신과 비슷하게
생기셨던 것도 같고요.
한 학기 동안 무슨 소리인 줄도 모르고
적당히 외워서 시험보고 끝냈답니다.
그리고 심리학자라는 사람들을
반가워하지도 않았습니다.
사정이 있었는데요.
처음 만난 심리학자가 목소리 크고

손동작이 큰 수다쟁이였습니다.
지금도 그 사람 목소리가 생생합니다.
그 사람 심리가 불안한 듯 보였지요.
그러나 당신의 책들을 읽고 당신의 말들을 오래오래
생각하면서 수다쟁이 심리학자를 바라봤던
내 심리도 만만치 않게 불안했던 것이 분명합니다.

많이 고맙다는 말을 하고 싶습니다.
제가 이해하기로 지구 밖에서 보면 시간차가 없다고도
했으니 19세기를 살았던 당신에게 21세기를 사는 내가
전하는 감사의 말이 충분히 전해질 거라 믿습니다.
당신이 말했습니다.

정신은 정신을 끌어들인다고 했습니다.
그래서 만나야 할 사람들은 반드시 만나게 된다고요.

다른 사람이 비슷한 말을 했을 때는 평범한 말이라고,
근거 없는 희망사항일 거라 생각하며 지나쳤지만,
당신이 말을 해주니 커다란 위로가 되었습니다.
나를 휘감고 있었던 덮개 같은 것이
사라짐을 느꼈습니다.

오랫동안 나는 왜 그 사람을 만나게 되었을까… .
생각에 괴로움이 깊었던 것 같습니다.

'아, 나는 이미 만났구나.' 하는 안도감이 들었습니다.

당신의 글과 말을 읽으면서 내 몸과 정신의 축축한
것들이 햇빛에 살균되는 것을 느꼈습니다.
쓸데없는 것들이 남겨짐 없이 햇빛에 소멸되고,
증명할 수는 없지만, 가벼워지고 눈앞이 시원해졌습니다.
어떤 문장들에서는 아! 하고 벌린 입이
다물어지지도 않았습니다.
당신의 책을 몇 권 읽었을 뿐인데요.

불만이 한 가지 있습니다.
당신 책은 읽는 데 너무 오래 걸립니다.
그러나 놓을 수 없지요.
다른 책들을 못 읽는다 해도 서운하지 않을 만큼
놓을 수가 없습니다.
한 번 더 읽으면 새로운 발견을 하게 됩니다.
나만 그런 걸까요.
책 한 권 읽는 데 한 달이 넘게 걸렸으니 말입니다.

며칠 전에 두 번을 읽었는데 몇 밤 자고 나니 한 번 더
읽으면 새로운 것을 더 많이 알게 될 것 같지 뭡니까.

당신은 늘 최적의 순간,
카이로스를 기다린다고 했습니다.
심오한 답장을 할 수 있는 그런 순간을 말입니다.
그렇다면 나도 언젠가 다시 읽을 수 있는
최적의 순간을 기다려 봐야겠다는 정도로
지금의 딜레마와 협상하고 싶습니다.
편지를 다 쓰고 나서는 기다리던 새 책을
읽으려고 합니다.

융! 너무 하고 싶은 말이 많습니다.
수다쟁이 심리학자를 흉본 지가 수분 전인데
나도 수다쟁이가 되려고 합니다.
아닙니다. 수다쟁이는 결코 되고 싶지 않습니다.
아! 절제해서 써야겠다 싶어 커피 한 잔을 마시고
다시 시작하겠습니다. 잠시만요!

커피와 오렌지 파운드케이크 한 조각까지
먹고 왔습니다.

기운이 납니다.
커피는 에디오피아 예가체프였습니다.

집단 무의식을 연구하고자 라틴 아메리카와 아프리카에
갔다는 기록을 보았습니다.
의식, 개인 무의식, 그리고 집단 무의식….
스무 살 무렵 시험 볼 때도 알고 싶지 않았던 것을
당신 책을 보면서 확실히 알게 되었습니다.
'확실히'라는 표현이 경솔할 수 있겠습니다.
나중에 후회한다고 해도 지금 이 순간은 확실하다고
믿고 싶습니다.

수많은 꿈에 시달리고 살았습니다.
괴로웠고 고통스러웠습니다.
슬프기도 했습니다.
같은 꿈이나 비슷한 꿈을 평생 꾸었으니까요.
당신 글을 읽어보니 괴로워하고 고통스러워하고
슬퍼할 일이 아니더군요.
더구나 근래에는 꿈이 잘 생각나지 않습니다.
한때는 꿈을 기록해볼까 고민해본 적도 있었답니다.
그렇게 하지 못했던 것은 늘 꿈이 같거나 비슷했기

때문이었습니다.

매일 같은 꿈을 꾸는 자신이 보잘것없었습니다.

매일 같은 꿈이 자신의 문제를 해결하지 못하고 있다는

증명 같았으니까요.

당신은 무의식이란 가능성이며

꿈으로 드러난다고 했습니다.

이 말을 믿고 싶습니다.

나를 살려주는 사람을 믿고 따라가듯

나를 살려주는 말이 믿어졌습니다.

평생 꿈에서 비행기, 기차, 버스를 기다리다 겨우 탑니다.

나를 두고 그냥 가면 악을 쓰며 달려가서 잡아타지요.

어느 날 꿈에서는 지하 세계로 들어가 거대한

고속철도를 탔습니다.

놀이동산에서 타 본 롤러코스터보다 더 무서웠습니다.

몸이 뜨는 하강 구간만 계속 되는 롤러코스터였습니다.

고속철도 종착역에 공항이 있다고

꿈속에서 지나가는 사람이 무심히 말해줍니다.

그런 꿈에서 깨어나면 전쟁터에서

겨우 살아 돌아온 기분이 들었습니다.

재미없는 꿈 이야기를 일방적으로 했군요.
미안합니다.
수다쟁이임을 인정해야 할 것 같습니다.

당신의 꿈에 따라 설계를 결정해 지었다는,
볼링겐 시골 호숫가에 있는 볼링겐탑에 가고 싶습니다.
공개하지 않는다고 알고 있지만,
집 앞에서라도 있다 오고 싶습니다.
꿈을 집으로 남길 수 있다니
많은 궁금증을 불러일으킵니다.
지도에서 볼링겐호수를 이미 찾아보았습니다.
오래 바라보면서 머릿속 가장 평온한 기억의 방에
넣어두었습니다.

얼마 전에 친구를 만났습니다.
일 년 만에 만났는데 친구가 제게 이런 말을 했답니다.

"윤선! 무슨 일 있었어?"
"아니."
"너 뭔가 달라졌어. 마치 해탈한 거 같아."
"해탈? 융의 책을 읽느라 힘들었을 뿐이야."

"융? 왠지 용윤선의 용과 잘 어울리는 이름이다. 융이란."

재미있는 친구지요.
친구에게 말해줬습니다.

"우리가 언젠가 한 번은 꼭 읽어야 할 책이지.
꼭 한 번은 생각해볼 수밖에 없는 세계에 대한 책이야."

어느덧 두려움이 없어진 것 같습니다.
두려움은 또 오겠지요.
또 오는 두려움에 몸을 떨고 눈물을 흘리게 되더라도
'이것이 두려움이구나.' 생각하겠습니다.

당신은 종종 다른 책들에도 산책하듯 출연합니다.
『티벳 사자의 서』에 해설을 쓰셨더군요.
반가웠습니다.
융! 안녕히.

2022. 볼링겐호수에 가고 싶어서.
용윤선 드림.

@ 프레더릭 마티아스 알렉산더Frederick M Alexander께

운전하다가 자동차를 멈췄습니다.
도로에서 오른쪽으로 보이는 커피집 이름이
'알렉산더' 였습니다.
자동차를 세우고 알렉산더로 들어갔습니다.
주인이 혼자 일하는 작은 커피집이었습니다.

주인이 묻더군요.

"주문하시겠어요?"

반가운 마음에 나도 물었습니다.

"알렉산더라는 이름을 보고 들어왔어요."

활짝 웃는 주인 얼굴은 해바라기를 닮았습니다.

“좋아하는 만화책의 주인공 이름이에요.”

생각해보니 알렉산더라는 이름은 많은 것 같습니다.

당신의 책 『알렉산더 테크닉, 내 몸의 사용법』은
나고야에 사는 친구 홍연이 권해줘서 읽게 되었습니다.
‘내 몸의 사용법’이라는 말에 비밀 같은 것이
숨어 있을 것 같았습니다.
문학 관련 책만 주로 읽어 온 내게는
내용들이 낯설었지만, 생활에 옮겨보면
도움이 될 것 같았습니다.

거울을 거의 보지 않고 살아온 내가
거울을 보기 시작했습니다.
매일 하고 싶은 일과 해야 할 것 같은 일에 쫓겨
살고 있기에 거울을 볼 만한 여유가 없었습니다.

『백설공주』에서 “거울아, 거울아” 부르던
새 어머니 왕비, 그리고 수면에 비친 자기 모습에 반해
연못에 빠져 죽은 나르키소스 소년의 이야기로 거울을
가깝지 않게 여겨온 탓도 있겠습니다.

유치원이나 어린이집 승강기에는
거울이 없다는 말도 있답니다.
거울을 보느라 주위에 소홀할 수도 있다는
염려 때문이라고 하더군요.

알렉산더! 나는 당신의 책을 읽은 후부터
거울을 보기 시작했습니다.
몸을 교정하면 인생도 확 풀릴 것 같은 느낌
때문이었을까요.
사람들에게 내 몸의 사용법에 대하여
알려주고 싶기도 하였습니다.

몇 년 전 성북동에 서점을 시작하려던 시기였을 겁니다.
공사를 맡아주던 실장께 내부에
거울을 설치해달라고 요청했습니다.
당신처럼 삼 면 거울은 아니더라도
한 면이라도 거울을 하고 싶었습니다.
실장은 안경 너머로 저를 오래 바라보기만 했습니다.
공사가 끝날 무렵 작은 거울을 몇 개 들고 와서
놓고 가는 것으로 대신했습니다.

결국 서점 대신 집 안에 거울을 설치했지요.
식탁 앞에 벽 전부를 거울로요.
거울이 들어온 이튿날 복도에서 마주친 옆집 아주머니가
눈을 동그랗게 뜨고 다가와 묻더라고요.

"발레 하세요?"

"아니요."

"어제 커다란 거울이 들어가대요.
난 발레 하시나 했어요."

나는 고민에 빠졌습니다.
어디를 봐서 내가 발레하게 생겼단 말입니까.
씨름이나 격투기라면 몰라도….
설마, 옆집 아주머니가 나를 놀리려고
그런 질문을 한 건 아니겠지요.

거울 앞에서 밥을 먹고 와인을 마시고 빨랫감을 들고
걸어 다니는 생활이 시작되었습니다.
왼쪽 골반보다 오른쪽 골반이 올라갔고

앞으로 나온 것을 알게 되었습니다.
어깨는 둘 다 앞으로 굽어 있었는데
왼쪽이 더 심했습니다.
코끝도 가운데를 바라보지 않고 있는 것 같았습니다.
내 왼쪽 눈 옆에는 점도 있더군요.

나를 보면서 밥을 먹고 와인을 마시니 밥맛이 없고
와인도 맛이 없었습니다.
발코니 쪽으로 갈 때도 거울과 먼 곳으로
돌아 걸어갔습니다.
알렉산더! 나는 당신처럼 배우가 아닌데
이렇게까지 살 필요는 없는 게 아닌지
반문하기 시작했습니다.
그렇게 몸을 다시 잊었습니다.

이사하면서 거울은 그 집에 두고 왔습니다.
거울이 새 식구들에게 외면 당하지 않기를 바랐습니다.
다시 거울을 보지 않고 살게 되었습니다.
거울을 볼 마음의 여유가 없던 것은 아니었고,
거울을 보기 싫었습니다.
아니, 나를 보는 것이 편하지 않았습니다.

내게 오는 이득만 셈하고 있었지
자신에게는 관심이 없었나 봅니다.

당신의 목소리가 호전이 없는 이유를
의사는 설명하지 못했다고 했습니다.
할 수 없이 거울을 보면서 스스로 몸과 마음을
탐구하기 시작했다고 했습니다.

내가 몇 년 만에 다시 당신의 책 『알렉산더 테크닉, 내
몸의 사용법』을 찾아보게 된 이유는
몸과 마음을 탐구하기 시작했기 때문입니다.
아니 몸과 마음은 긴밀하게 연관되어 있다는 것을
믿기 시작했기 때문입니다.
머리와 목을 바르게 사용하면 척추가 무게를
조화롭게 받아서 몸이 균형을 이룬다는 것을
알게 되었기 때문입니다.
이런 것들을 들여다보고 알아차리는 마음을 사용하는
법을 익혀야 좀 더 평온해지고 내가 평온해져야
다른 사람을 살펴줄 수 있기 때문입니다.
다른 사람을 살피는 일이 나를 살피는 일이라는 것을
뜨겁게 알게 되었기 때문입니다.

당신을 처음 만났을 때 알아보지 못하고 먼 길로
돌아 왔습니다.
아직 갈 길은 먼 것 같습니다.
끝까지 가지 않아도 좋습니다.
쉬지 않고 가고 싶을 뿐입니다.
아직 거울을 볼 용기는 생기지 않습니다.
어쩌면 당신처럼 목소리가 나오지 않을 만큼 더
고통스러워져야 거울 앞에 설 수 있을지 모르겠습니다.
언젠가는 반드시 거울 앞에 서서
나는 어디에 '의식'을 두고 살아왔고,
'무의식'은 무엇이며 '자기self'는 어떤 것인지
알게 되는 날이 올 것만 같습니다.

며칠 전에는 성북동 서점 공사를 맡아 해줬던 실장을
오랜만에 만났답니다.
책상에 놓는 거울을 선물해주었습니다.
테두리가 금색이고요.
마치 왕실에서 사용하는 거울 같군요.
얼굴만 보이는 작은 거울이어서 다행입니다.

프레더릭 마티아스 알렉산더!

편안히 거울 앞에 서게 되면 또 편지 하겠습니다.

2022. 금색 왕실 거울 앞에서.

용윤선 드림.

@ 숭산 스님께

스님을 알게 된 지는 이십 년쯤 되었습니다.
물론 책으로 알게 되었지요.
어떤 책에는 스님 말씀이 담긴 CD도 함께 있었는데요.
한창 불교에 관한 책을 읽던 시절에
CD도 자주 들었습니다.

그때는 왜 그렇게 불교에 관한 책만 종일 읽었을까요.
이유가 있었겠지요.
위로 받고 싶었고, 앞으로 나아갈 방향 같은 걸
찾고 싶었던 것 같습니다.
마음에 화도 많았을 겁니다.
심지어 틱낫한 스님의 『화』라는 책도 읽었습니다.
책을 읽는다고 화가 사라지는 것은 아니었지만,
화를 바라보는 다른 시각을 접하게 되었던 걸로
의미가 있었습니다.

현각 스님의 책을 읽으면서 스님을 알게 되었습니다.
책읽기란 꼬리를 물고 다른 책들과 인연을 맺게 합니다.

그렇지 않은 제목도 많지만,
스님의 책 제목들은 도전적이에요.
『부처를 쏴라』도 그렇고요.
『허공의 뼈를 타고』, 『부처님께 재를 털면』도요.
처음에는 이상한 스님인가….
현각 스님이 외국인이어서 이상한 스님을 만났나….
의심했습니다.

첫 페이지에서부터 의심은 온 데 간 데 없이 사라졌고
가끔 불교에 관해 궁금해하는 지인이 있을 때마다
스님 책을 빌려주었습니다.
지인들은 빌려가서 읽고는
아무 말 없이 책을 제자리에 꽂아두었지요.
그들의 표정은 모두 비슷했습니다.
알 듯한 모를 듯한, 그러나 조금은 상기된 표정들이요.
알 듯 모를 듯 하여도 한 번 만났다면
모르는 것보다는 아는 것에 가깝다고 믿기에
책을 빌려준 사람으로서 흡족합니다.

어머니 배 속에서부터 불교를 만났습니다.
어쩌면 그 이전부터 만났을 것 같습니다.
불교를 숭배하거나 추앙하지는 않습니다.
행복하지 못하다고 생각했을 때
의지했던 시간도 있었습니다.
지금은 의지보다는 알고 싶은 학문입니다.
자꾸만 알고 싶습니다.
모든 것을 알고만 싶습니다.

사실 스님의 말씀을 잘 모르겠습니다.
그러나 아직도 스님의 말씀을 붙잡는 까닭이라면
모르겠지만, 어렵지 않아서입니다.

'오직 모를 뿐.'

이 말씀을 마음에 두고 어려운 일이 생기거나 눈물이
멈추지 않을 때는 마음속으로 소리 내어 봅니다.

마음이 왜 이렇게 복잡하고 일이 손에 잡히지 않는 걸까?
생각이 들면…
오직 모를 뿐.

저 사람은 말을 저렇게 밖에 못하나? 생각이 들면…
오직 모를 뿐.

8시간 커피교육워크숍에 가기 싫어 죽겠는데도
새벽부터 일어나서 가는 나를 생각하면…
오직 모를 뿐.

꼭 두 번 물어봐야 대답하면서 그 대답도 시원치 않은
사람이 계속 일을 주면 그 일을 돈 때문에 하면서도…
오직 모를 뿐.

배가 고파 편의점에 뛰어 들어가서
삶은 달걀을 샀는데 주르륵 생달걀이었을 때…
오직 모를 뿐.

밤마다 두유에 단백질 파우더를 타서 먹고는
환자처럼 시름시름 앓았는데도 몸무게는 늘어났을 때…
오직 모를 뿐.

믿고 의지하고 좋아했던 사람이
도망쳤을 때도…

오직 모를 뿐.

이제는 주문처럼 되었습니다.

완전히 익은 복숭아는 며칠 못 간다고 하였지요.
곧 썩게 되니까요.
잘 익은 시대는 십 년 가기가 어렵다고 하셨어요.
곧 고통이 오니까요.
익어서 썩어가는 복숭아 안에는 아직 살아 있는
씨가 있고, 겉이 썩어 없어져야
씨가 결실을 이룬다고 하셨습니다.
깨달음도 같다고 하셨지요.

깨달아본 일 없었기에 잘 알지 못하지만,
깨달음이란 아프지만, 기쁜 것 아닐까요.
깨달음이란 아무렇지도 않은 숨 쉬는 일 같을 겁니다.

군대 간 아이 생각을 매일 꿈속에서 하는 어머니처럼
자신이 누구인지 생각해야 한다고 여러 책에서
말씀하셨습니다.
내가 누군지… 머리 터지게 생각해본 적 있었는데요.

스님 말씀처럼 오직 모를 뿐이었습니다.

신기한 일이 있었습니다.
주말마다 다니던 요가 시간이었는데요.
갑자기 선생님이 사정이 생기셔서
새로운 선생님이 오셨습니다.
텔레비전에서 보던 배우셨는데
그분은 오랫동안 요가와 명상을 하고 계셨나 봅니다.
가르치는 방법이 무척 새로웠습니다.
말씀도 없으셨고, 자세도 몇 가지 되지 않았지만,
할 때마다 온 몸에 피가 순환하는 것 같은
시원함을 느꼈습니다.

어느 주말에는 이러다가 내가 모르는 나를
곧 만날 것 같다는 생각이 떠올랐습니다.
두려워졌습니다.
그 다음시간부터 가지 않았습니다.
후회스럽기도 합니다.
두려운 마음을 극복하고 갔어야 하는 것은 아니었을까요.
왜 두려웠던 걸까요.

사람마다 때가 있는 것 같습니다.
한 번 넘어지고 병원에 가는 사람이 있는가 하면
여러 번 넘어지고 뒤통수에서 피가 철철 흐를 때도
병원에 가지 않는 사람이 있는 것처럼.
내 때는 언제일까 생각해보다가
요즘은 그런 생각이 듭니다.
내가 원하면 할 수 있다고요.

오직 모를 뿐이라는 마음과 자주 접속하다 보면
새로운 생활 방식이 생겨나는 것 같습니다.
스님 덕분입니다.
지금의 나를 바라보는 다른 나가 있는 것을 느낍니다.
바라보는 자리를 조금 더 높이고 싶은 소망도 생겼고요.
눈과 눈 사이 미간으로 몸 안을 살펴보는 순간도
생겼습니다.
아직 잘되진 않습니다만, 해보려고 하고 있고요.
하게 될 것 같습니다.
지구와 우주가 궁금해집니다.

스님!

"눈 있는 돌사람이 눈물을 흘리고 말 없는 눈동자가
흐흐흐 하고 운다."
"소금은 짜고 꿀은 달다."

오직 모를 뿐에서 요즈음은
이 두 말씀을 생각하고 있습니다.

오늘은 가기 싫은 모임에 가서 몇 시간 의자에 앉았다
일어나는데 입고 있던 바지 바느질이 '뿌지직' 하고
터졌습니다.
자켓 길이가 길어서 망신을 면했습니다.
싫어하는 마음이 바지를 터지게 한 것일까요.
돌아오는 버스 안에서 '오직 모를 뿐'을
마음속으로 백 번 정도 외쳤습니다.

오직 모를 뿐!

2022. 바지 터진 날.
용윤선 드림.

@ 요한 제바스티안 바흐Johann Sebastian Bach께

당신의 작품들과 내 인연은 망설임 없이
〈커피 칸타타Coffee Cantata〉입니다.
커피를 가르치는 일을 할 적에 커피와 음악에 관한
부분이 나올 때면 예로 들던 작품이 항상
〈커피 칸타타〉였습니다.
수업하면서 자연스럽게 당신의 이야기를
하게 되었습니다.
〈커피 칸타타〉는 고등학생일 때 우연히 듣게 되었던
첼로 무반주 조곡과는 분위기가 많이 다르더군요.
당신의 일생을 정리해놓은 글들을 찾아보면 변화가
있었던 작품 세계가 이해가 되었습니다. 사람의 일생을
정리해놓은 글들을 읽을 때 항상 의문이 생긴답니다.

'바흐가 이 글을 읽으면 동의할까.'

어리석은 의문 같습니다.

말과 글은 모두 할 수 있는 것이겠지요.
말과 글에서 자유로워져야 진정한 자유를 얻을 수 있다는 것을 근래 알아 갑니다.
가끔 생각합니다.
듣는 사람과 읽는 사람이 공감하지 못하는 말과 글은 실패한 것이라고요.
실패는 성공의 어머니일 테니 좀 더 다른 방법으로 말하고 글을 쓰게 되는 시발점이 될 수도 있을 것이라고요.

아, 오늘은 당신의 작품 이야기를 하려고 하는 것은 아니랍니다.
어서 하고 싶은 말을 시작해볼게요.
당신의 머리와 내 머리에 관한 이야기랍니다.

나는 미용실에 가는 것을 매우 싫어합니다.
일 년에 한두 번 갑니다.
머리에 뭔가 뒤집어쓰고 앉아 있는 시간이 편하지 않아서이겠지요.
좋을 때도 있는데요.
오늘도 좋았지 뭡니까.

조는 것은 창피하지만, 버스를 타기만 하면 차 멀미가 두려워 잠을 자던 어린 시절처럼 편치 않은 공간과 시간을 견디는 방법일지도 모르겠습니다.

일 년에 한두 번이지만, 다니는 미용실이 있습니다.
새로 온 디자이너인지 처음 보는 사람이었습니다.
목소리와 손동작이 큰 것으로 보아 활달한 사람인 것 같았습니다.
머리도 시원시원하게 자르겠구나 생각했습니다.

"손님, 머리 어떻게 해드릴까요?"
"무겁지 않게 잘라 주세요. 앞머리는 빼고 잘라 주세요."
"아, 앞머리는 빼고요?
하하하, 아주 조금만 다듬을까요?"
"아니요. 앞머리가 어중간하게 내려오면
일할 때 불편해서요."
"그러시구나. 제가 예쁘게 해드릴게요.
저한테 맡겨보세요. 오늘부터 굉장히 예뻐지실 거예요."

'예쁘게'란 말이 불안했지만, 어느 덧 나는 원장의 손에 머리를 맡기고 졸았던 것 같습니다. 원장의 목소리가 들렸다 안 들렸다 다시 들렸다 했습니다.
원장의 목소리가 선명해지면서 나는 눈을 떴습니다.
앞머리에는 동그랗게 생긴 무거운 것이
달려 있었습니다.

"앞머리에 뭔가요?"
"앗, 명상이 끝났나요? 하하하, 앞머리가 예뻐지는
중이랍니다."
"앞머리에 뭐냐구요?"

화가 나거나 답답할 때 튀어나오는 말투가
또박또박 나오기 시작했습니다.

"하하하, 전체 균형을 위해 앞머리에 프랑스 유기농
헤어 약을 조금 발라서…."
"풀어주세요. 지금 당장."

원장은 웃음을 멈추고 풀기 시작했고,
나는 참혹해졌습니다.
원장의 손동작은 드디어 멈춰졌고,
거울 앞에는 독일이 낳은 위대한 음악의 아버지,

요한 제바스티안 바흐가 앉아 있었습니다.
당신이요.

한 달에 한 번씩 참석하는 음악감상회에서도 당신의
작품들을 감상하지요.
당신의 작품들을 듣고 오는 날에는 잠을 푹 잔답니다.
당신은 이토록 여러 번 나와 인연이 있었습니다.
이제 우리는 앞머리까지 똑같게 되었습니다.

원장에게는 웃음이 사라졌고,
나는 조용히 일어나 계산했습니다.
평소 비용보다 세 배는 더 나왔더군요.
별 말 없이 돈을 내긴 했지만,
살면서 이런 일들은 간혹 생깁니다.
세상에는 상대가 원하는 것을 하려고 노력하는 사람,
자신이 원하는 것에만 몰두하는 사람, 그리고 상대와
자신이 원하는 방향으로 노력하는 사람이 있으니까요.
그렇다면 나는 어떤 사람일까요.
나는 자신이 원하는 것에만 몰두하는 사람입니다.

비즈니스 관계란 비용을 치루는 사람의 욕구를 파악하고

실천하는 일에 무게 중심을 두어야 할 텐데
쓰고 보니 내가 참 뒤끝이 있습니다.
원장에게 하지 못한 말을 당신에게 하고 있으니까요.

원장은 문 밖까지 나와서 배웅하면서 여러 번
말을 했습니다.

"손님을 예쁘게 해드리고 싶었던 제 마음은 정말
진심이었는데… 알아주셨으면 좋겠어요.
중간에 안 풀었으면 앞머리가 더 예뻤을 텐데요.
다음에는 저를 한번 믿어주세요."

집에 돌아와서 잠이 들 때까지
원장의 말이 여러 번 떠올랐습니다.
마음이 아팠습니다.
마음도 말과 글처럼 상대가 받아주지 않으면
실패한 것이겠습니다.

그런데 말이지요. 나는 한 번도 예뻐지고 싶다는 생각은
하고 살아보지 못했더라고요.
그런 생각을 할 여유가 없었던 걸까요.

예쁨에 대한 거부감이 있었던 걸까요.
원장의 예쁨과 내 예쁨의 간극은 평행선 같은
것이겠지만 말입니다.
식구들은 나와 눈을 맞추지 않은 채 구석으로 가서
키득키득 소리 내서 웃었습니다.
당신도 나를 보면 웃으시겠습니까.

그나저나 내일은 한 달에 한 번 있는 음악감상회입니다.
음악을 선곡해 들려주는 선생님이 내 머리를 보고
웃음을 참다가 참다가 배라도 아프시면 어쩌나 싶은
것이 걱정이 됩니다.
선글라스라도 쓰고 앉아 있어야 할까요. 아니면

'내가 요한 제바스티안 바흐다!'

그런 표정으로 앉아 있을까요.

당신은 바로크 시대에 살았고,
나는 코로나 시대를 살았을 뿐이겠지요.

내일 잘 다녀올 것입니다.

부디, 미용실에 다녀온 베토벤이나 쇼팽도 만났으면….

두 손 모아 빌어봅니다.

2022. 잠 못 이루는 밤에.

용윤선 드림.

@ 아서 코넌 도일Arthur Conan Doyle께

나는 피아노를 치기 위해 다녔기보다는
『셜록 홈즈』 전집을 읽으려고 피아노 학원에 다녔습니다.
피아노 학원에 가면 30분은 항상 기다려야
순서가 되었습니다.
학교 끝나고 피아노 학원 다녀오면 해가 저물었지요.
저녁 밥 먹고 씻고 일기 쓰면 하루가 다 갔던
시절이었습니다.

초등학교 시절을 그렇게 보내고 나니 『셜록 홈즈』의
탐정 홈즈는 내게 아직도 살아 있는 사람입니다.
실제 그렇게 믿은 적도 있었던 것 같습니다.
좀 더 커서 홈즈는 소설 속 주인공이고, 그 소설을
쓴 작가는 따로 있는데 소설 속 홈즈 친구 왓슨이라는
사람처럼 작가도 의사라고 했습니다.
중학교 1학년 때 국어 선생님이 수업 시간에
얘기해주셨습니다.

소설의 관찰자 시점을 설명하다 왓슨 이야기를
예로 들어주셨습니다.

내게 홈즈는 5년간 쳤던 피아노 악보보다 훨씬
가까웠습니다.
소설 속에서 홈즈가 죽었을 때 영국 시민이
검은 완장을 찼고 신문에 부고가 났고 소설을 연재하던
잡지 『스트랜드 매거진』의 구독자가 끊긴 이유가
짐작이 갑니다.

내 어린 시절은 별 재미가 없었습니다.
새로운 것도 없고요.
그래서 책 속에 나오는 낯선 풍경들을 보면 좋았던 것
같습니다.
특히 홈즈와 왓슨의 아침 식사 장면이 좋았습니다.
아침을 먹고 담배를 피우고 커피를 마시는데
창 밖에서는 마차가 멈추는 소리가 나고 잠시 후
초인종이 울리고 계단을 올라오는 의뢰인의 발자국
소리요.
홈즈의 아침은 거의 비슷한데 읽을 때마다
재미있었습니다.

'아, 영국이라는 나라에서는 아침에 샌드위치와 커피를
먹고 담배도 피우고 그런가 보네.' 이런 마음요.
영국을 지도에서 찾아보기도 했습니다.

어른은 부모님과 학교 선생님이 전부였는데 부모님은
매일을 규칙적으로 사는 분들이셨고, 선생님도 육십 명
넘는 학생을 보살피느라 언제나 고단해 보였습니다.
그 당시 초등학교는 한 반에 육십 명이 훨씬 넘었답니다.
나라는 존재는 있지만, 없었던 것과 마찬가지였습니다.
그렇게 묻혀서 세월을 보내다 중학생이 되고
고등학생이 되는 시절이었습니다.
가끔 아득한 마음으로 홈즈라는 탐정은
왜 탐정이 되었을까 궁금해하면서 말입니다.

수요일 밤 8시가 되면 텔레비전에서 드라마
〈수사반장〉을 했습니다.
굉장히 재미있었답니다.
아버지가 늦게 퇴근하는 날에만 볼 수 있었던 것
같습니다.
수요일에 아버지가 정시에 퇴근하시면
토요일 재방송을 보았습니다.

무서울 때도 많았지만, 수사관들이 무덤덤하게

범죄 사건을 해결하는 모습들이
멋지다고 생각했던 것 같습니다.

스무 살이 넘어 애드거 앨런 포우, 애거사 크리스티,
모리스 르블랑 등 추리소설 작가들의 작품들을
읽으면서도 홈즈는 여전히 생존하는 인물이라는 생각을
지울 수가 없었습니다.
우연히 레이먼드 챈들러라는 추리소설 작가가 쓴
작품들을 읽게 되었습니다.
챈들러의 작품 안에는 '필립 말로'라는 탐정이 나옵니다.
나는 말로가 홈즈의 대를 잇거나
다시 태어났다고 생각했답니다.
소설의 등장인물이 다른 소설 속에서
다시 태어나는 것 말입니다.
어쩌면 그토록 멋지게 다시 태어났단 말입니까.

코넌 도일 당신과 홈즈를 동일시했다가,
챈들러와 말로를 동일시했다가,
홈즈와 말로를 동일시했다가 여전히 마음속에서

그런 생각들이 자동으로 여러 번 왔다 갔다 합니다.

몇 년 전부터 탐정이 되는 꿈을 갖게 되었습니다.
수사관들은 피가 나고 다치거나 큰돈을 빼앗기거나 하는
사건들에만 관심을 갖습니다.
그럴 만도 합니다.
인력도 부족하고 사건은 많아 그렇겠지요.
그래서 내가 탐정이 되어야겠다는 생각을 하게 된
겁니다.
먼저 수사관이 되는 법을 알아보긴 했습니다.
나이나 연관 업무에서 가능하지 않더군요.
그래서 탐정협회를 찾아 봤습니다.
결론은 먼저 무서운 영화를 많이 보자였습니다.
그래서 매일 무서운 영화를 보기 시작했습니다.
담력을 길러야 하니까요.

당신도 왓슨과 같은 하숙집에 살기 전부터
실험실에 가서 연구와 해부를 꾸준히 했잖아요.
아! 당신이 아니라 홈즈 말이에요.
당신은 의사였으니까…. 오래된 핏자국으로 사건의
실마리를 예측하는 실험도 해봤을 겁니다.

탐정이 되고 싶다는 내 생각은 참 막연했습니다.
홈즈나 말로처럼 머리로 과학적으로 분석하고
예측할 수 있으면 될 거라고 생각했으니까요.
그러나 홈즈와 말로는 행동파이기도 했지요.

왓슨이 홈즈에 대해 『주홍색 연구』에서
이렇게 말했습니다.
홈즈는 근육의 떨림, 스치는 눈빛, 피부 색깔, 얼굴 표정,
옷차림 등에서 사람의 내면 생각까지 가늠할 수 있다고.
탐정을 업으로 삼는 사람에게는 중요한 일일 테지만,
나 같은 평범한 사람에게는 여간 어려운 일이 아니랍니다.
그렇다면 나는 탐정이 될 수 없는 걸까요.

성북동에서 서점을 운영했던 시절에 있었던 이야기를
해드릴게요.
정기 휴무 이튿날 출근을 해보니 화장실 벽에 구멍이
나 있었습니다.
마지막 근무자에게 알리고, 오전과 낮에 근무하는
직원들에게 알렸습니다.
화장실 바닥에 찍힌 발자국과 구멍 난 화장실 벽을
사진으로 찍어두었습니다.

발자국의 가로, 세로 길이를 자로 재봤습니다.
화장실 쪽에만 CCTV가 없다는 것을 아는 사람일
거라고 추측했습니다.
며칠 CCTV를 돌려 봤을 때 마지막 근무자가 퇴근하고
출입한 사람은 없었습니다.
그곳은 한옥이 밀집해 있던 환경이라 옆집이나 뒷집을
통해 접근이 가능할 수도 있습니다.

오전 근무자는 기다란 막대기로 구멍 안의 여기저기를
찔러 보더군요.
몰래 카메라가 있나 알아봐야 한다고요.
용감해 보였습니다.

낮에 근무하는 직원은 출근하더니 조용히 자를
갖고 가서 부서진 구멍의 지름과 둘레를 측정해
기록했습니다.
옆집에 가서 화장실 반대편의 벽,
그러니까 옆집의 벽을 봐야 한다고 했습니다.
옆집에 가서 사정 설명을 하고 화장실 반대편 벽,
그러니까 옆집의 벽에서 자국이 있었는지 확인했습니다.
환생한 홈즈가 서점 직원이라니!

그의 등 뒤에서 감탄스러웠습니다.

문제 해결의 답은 바닥에 찍힌 신발의 크기와
운동화 바닥의 무늬에 있었습니다.
우리 셋은 나중에 의견을 모았습니다.

"바바리 코트 한 벌씩 사 입고 탐정 사무실을 차리자!"

알게 된 것이 하나 있었는데요.
사건을 분석하면서 감정이 생기면 힘들어지겠더군요.
그래서 모르는 사람의 일을 맡아서 해야 될 것
같았습니다.
아, 탐정도 어렵겠구나… 싶었습니다.

말이 너무 길었습니다.
도일, 당신은 인생의 1/4을 심령술에 몰입했습니다.
과학적이었던 당신이 말입니다.
심령술이 비과학적이라는 의미는 아닙니다.
당신이 왜 심령술에 몰입했는지는
충분히 공감하고 있습니다.
연구와 고민을 끝없이 하다 보면

어디선가 해결 방법을 찾아야 하지요.
심령술이 절실한 당신에게 그런 면에서 가 닿았다고
생각합니다.

심령술을 통해 당신이 평생 편지를 띄웠던 어머니,
먼저 세상을 떠난 당신의 아들,
그리고 동생들의 영혼과 만났다고 알고 있습니다.
당신이 그리워했던 것이 무엇인지 누구였는지
충분히 알 수 있는 이야기입니다.
심령술에 몰입했던 당신을 존중하고 있습니다.

홈즈는 소설 속에서 근육의 떨림으로 내면 생각을
추리할 수 있었잖아요.
최근에 근육의 움직임으로 무의식을 살펴볼 수 있는
검사가 있다는 것을 알게 되었습니다.
처음에는 믿지 않았는데요.
우연히 직접 접하게 된 날 놀라서 벌떡 일어나
앉았답니다.
홈즈를 생각했습니다.

'나, 어쩌면 탐정을 할 수 있을 것 같아!.'

이런 생각으로 다시 희망에 부풀어 있습니다.

물론 제가 접한 검사는 주로 아픈 사람을 돌보는
검사입니다.
다른 일에 사용할 때는 주의를 기울여야 할 듯합니다.
그러고 보니 나는 호시탐탐 어떻게 하면
명석한 탐정이 될 수 있을까만
생각하는 것 같습니다.

독서 모임에서 책을 정하는데
한 구성원이 "스릴러는 싫어요." 라고 말하기에
한마디 해줬습니다.

"인생은 스릴러예요."

도일!
탐정이 되고 싶은 날이 많지 않았으면 좋겠습니다.

유튜브에서 당신 이름을 검색해봤습니다.
영어로 검색하니 당신이 세상을 떠나기
한두 해 전의 흑백 영상이 나오더군요.

모자를 썼더군요.

당신이 키우는 개도 함께 나와서 반가웠습니다.

2022. 탐정이 되고 싶은 날.

용윤선 드림.

@ 정미경 소설가께

선생님이라고 부르고 싶습니다.
선생님이라고 부르겠습니다.
선생님이라는 말은 가르치는 사람이라는 뜻과
어떤 분야에 있어 그 일을 먼저 하는 사람이라는 뜻이
있다고 생각합니다.
두 가지에서 선생님이라고 부르고 싶습니다.

2017년 1월 밤이었습니다.
삿포로역 근처 선술집이었습니다.
눈이 많은 도시에 와 있다고 기분이 좋았습니다.
함께 간 사람이 잠시 자리를 비운 사이 떠나온
한국의 뉴스를 휴대폰으로 들여다보고 있었습니다.
선생님이 세상을 떠나셨다는 뉴스가 짧은 문장으로
적혀 있었습니다.

선생님의 연세를 어렴풋 알고 있었기에 다음 소설을

기다리던 차였습니다.
자리를 비운 사람이 오래오래 있다가 돌아왔으면
좋겠다고 생각했습니다.
맥주를 내려놓으며 맛있게 마시라고 웃던 술집 주인에게
고맙다고 말할 틈도 없이 정신은 몸을 빠져나가
어디론가 걸어가고 있었습니다.
함께 삿포로에 온 사람은 어느새 건너편에 어두운
표정을 하고 앉아 있었습니다.

눈물은 고여 있기만 했고 떨어지지 않았습니다.
중력도 작용하지 않는 순간.
믿을 수 없고 믿기지 않고 믿고 싶지 않은 뉴스에
왼쪽 갈비뼈와 오른쪽 갈비뼈를 조이면서 앉아 있었던
기억이 납니다.

시만 읽었던 시절이 있었고, 소설만 읽었던 시절이
있었습니다.
선생님 소설들을 읽으면서 입이 다물어지지 않는
문장들에 감탄했고, 소설들을 스토커처럼 쫓아다니면서
살았던 적이 있습니다.

만나는 사람들에게는 기회가 생길 때마다 묻기도
했습니다.

“정미경 소설을 읽었니?”

읽은 사람을 만나면 그 사람이 무조건 좋았고,
달리 보였습니다.
아직 읽지 않았다면 읽어보는 것이 좋을 것이라는
일방적 예언도 서슴지 않았습니다.

선생님 소설이 왜 좋았을까요.
정미경 소설이 어떤데 자꾸 읽어보라고 하냐고 물으면
대답해야지 하고 미리 마음속으로 준비도 했던 것
같습니다.
선생님 소설에는 혜안이 있지요.
무겁고 날카로운, 서늘한 혜안이 있습니다.
그 혜안은 아마도 뜨거웠을 겁니다.
식었다가 다시 적정한 온도를 되찾고도
존재를 알리지 않는 적막한 것입니다.

독자는 책을 읽을 때 작가의 노력을 고스란히 느낄 수

있습니다.
책이란 모든 것을 전해줍니다.
이상도 이하도 아닌 온전한 자체를 전해줍니다.
애가 탄다는 말이 있습니다.
글을 쓰면서 애가 타면 몸이 축이 나고 그런 날들이
여러 날이어서 무심해질 때쯤 나오는 글들은
진액이 됩니다.
선생님의 소설들은 전부 그랬습니다.
느낄 수 있었고, 알 수 있었습니다.

일할 때 몸이 부서지도록 최선을 다하는 사람이 있고,
적당히 쉬면서 적당히 일을 잘해내는 사람이 있습니다.
후자의 방식도 좋아합니다만,
선생님 소설들은 모두 전자 같았습니다.
그래서 소설을 다 읽고 나면 읽는 사람도
힘이 들었습니다.
때문에 장편보다 단편을 좋아했던 것 같기도 하고요.

그러면서 늘 생각했습니다.

'정미경은 얼마나 힘들었을까. 안아드리고 싶다.'

안아드리는 것을 원치 않겠지만요.
안아드리기도 전에 돌아가실지는 몰랐습니다.

이제는 아무에게도 선생님 소설을 읽어봤냐고
묻지 않습니다.
언제가부터 책읽기도 인연이라는 것이 있어서 다들
알아서 읽게 된다는 생각이 들었습니다. 단지 소설을
많이 읽은 사람을 만나면 당신도 정미경 소설을
읽었냐고 묻고 싶은 마음이 꿈틀거립니다.

살면서 편을 나누는 일은 하지 않으려고 하는데요.
내 무의식에는 정미경 소설을 읽은 사람과 정미경
소설을 읽지 않은 사람으로 나누는 방이 있을 겁니다.
그러나 소리 내어 말하지는 않게 되었습니다.
언제가부터 소리 내어 말하는 일이 쉽지 않아졌습니다.
별로 말을 하고 싶지 않고요.
다들 알아서 살겠지 하는 생각으로 눈앞의 일에만
몰두하게 되었습니다.

하고 싶은 말이 있습니다.

"선생님, 소설 쓰시느라 애 많이 쓰셨습니다. 평생
수고가 많으셨습니다. 소홀함이 없는 선생님의 소설
덕분에 사람의 욕망이 무엇이고, 운명이 무엇이고,
사랑은 무엇인가에 대해 생각해볼 수 있었으니까요."

『장미 빛 인생』에서 그런 말씀하셨잖아요.
사랑한다고 해서, 둘이서 죽도록 사랑한다고 해서,
다시는 나뉘지 않을 것처럼 서로의 몸속으로 파고들며
뜨겁게 엉긴다고 해서 고뇌와 무게까지 같이 감당할 수
있는 것은 아니라고요.

사람들이 이 문장의 의미를 기억하며
살길 바라고 있습니다.
기억하고 살 수 있다면 슬픔이나 미움 같은 것은
없을 거라고 확신합니다.

선생님.
아이들이 학교에서 돌아올 때까지만 글을 써야 해서
자주 점심을 거르고 소설을 썼다고 알고 있답니다.
나 또한 아이가 집으로 돌아오는 시간에 맞춰
편지를 이만 줄이려고 합니다.

오늘은 아이에게 고등어를 구워줄까 합니다.
아이에게 무엇을 먹일까 하는 고민은 좋은 글을 쓰고
싶다는 욕망과의 저울질에서 언제나 승리해 왔습니다.

글을 쓰지 않는 시간을 어떻게 보내는가가 모여
글이 된다고도 말씀하셨습니다.
그 말씀에 힘을 얻어 이만 줄이고, 고등어를 따끈따끈
구우러 집으로 돌아가려 합니다.

2022. 고등어를 구우러 가면서.
용윤선 드림.

@ 아이다 롤프 Ida.P.Rolf께

안녕하세요. 롤프 선생님.
편지를 쓰게 된 까닭부터 이야기해야 할까요.
이야기가 재미없으면 어쩌나 염려스럽지만,
선생님이라면 들어주실 거라고 믿어요.
서울은 가을의 문턱에 와 있습니다.
올해 여름에는 비가 무섭게 내렸습니다.
당신이 돌아가신 1979년으로부터 40여 년 후 지구는
바이러스에 감염되어 있습니다.

바이러스 감염으로 길에는 걸어 다니는 사람이 없을
정도였고요. 공공기관, 식당, 쇼핑센터 모두
문을 닫았지요.
나라마다 다르긴 하겠지만, 사람들은 삼 년 내내
마스크를 쓰고 있어요.

살아계셨다면 선생님께서 발견한 근막 이완으로 아픈

사람들의 상태를 호전시킬 수도 있었을까 생각합니다.

나는 서울의 동남쪽 작은 서재에서 일하고 있습니다.
어릴 적부터 책을 좋아했습니다.
창밖으로는 44만평 정도의 초록 공원이 보입니다.
마당이 있는 곳에서 서재를 운영하고 싶었는데
마당을 살 돈이 부족했습니다.
그래서 커다란 공원 앞에서 서재를 하게 되었습니다.

하고 싶은 말이 많은데 무슨 말부터 해야 할까요.
아, 편지를 쓰고 싶었던 이유가 있습니다.
당신 책이 절판되었습니다.
너무 슬픕니다.
서재에 당신의 책을 꽂아두고 많은 사람이 그 책을
꼭 읽기를 소망했습니다.
좋은 책, 읽고 싶은 책은 왜 절판되었을까요.
나는 이것이 인간이 자꾸 불행해지는 까닭이라고
생각합니다.

서재에 출근하면서 아침마다 우편함을 확인하는 편인데
어느 날 눈이 번쩍 뜨였지요.

빌딩 13층에 요가원이 있지 뭐예요.
바이러스 감염 시대였고, 다니던 요가원이 문을 닫아
요가를 못한 지 일 년이 넘었을 때였을 겁니다.
서재로 후다닥 뛰어 올라와서 요가원을 검색했습니다.
소마 요가를 하는 곳이더군요.
요가를 좋아했지만,
그 당시 소마 요가에 대해 아는 것은 없었습니다.
매일 그곳의 SNS를 들여다봤습니다.
가고 싶은데 바이러스에 감염되면 어쩌나 싶고,
혹시 거꾸로 서서 걷는 어려운 아사나를 시키는 곳이면
어쩌나 싶어서요.
그렇게 일 년이 지나갔습니다.
어느 날 보니 원데이 클래스를 모집하지 뭐예요.
그렇게 소마 요가를 시작하게 되었습니다.
쓰고 보니 혼자만 재미있는 이야기가 아닐까 싶습니다.

일 년 꼬박 소마 요가를 하면서 시험을 보게 되었습니다.
시험까지 볼 생각은 없었는데 하다 보니
시험을 보게 되었습니다.
시험에서 떨어지고 싶지 않아
급하게 공부를 하였지요.

공부하는데 당신이 계셨어요.
아이다 롤프 선생님이.
자료에 사진이 한 장 있었는데
사진에서 사랑이 느껴졌습니다.

선생님은 근육을 싸는 막, 근막이 연결되어 있음을
발견하셨더군요.
근막은 신경계와 연결되어 있어서 마음과 무의식적
기억과 깊은 관련이 있다는 것까지요.
비로소 기억이 사라져도 감정이 사람의 몸에
남아 있었던 것을 이해하게 되었습니다.

선생님이 나오는 영상을 찾아보았습니다.
영상을 모두 이해할 순 없었지만,
천천히 오래 여러 번 보았습니다.
당신의 근막이완수기요법인 ROIFING을 배우고
싶어졌습니다.

나이가 들어도 호기심을 멈추지 못하는 것은
아직 경험이 부족해서일까요.
롤핑연구소는 미국 콜로라도 볼더에 있습니다.

여섯 달간 눈이 내린다는 미국 중서부 콜로라도 볼더를
지도에서 찾아봤습니다.
인천국제공항에서 열여섯 시간 정도 걸리고
시애틀에서 갈아타야 했습니다.
통역하는 사람을 섭외해야 하나 고민하다가 해외에서
살아가는 나만의 방법을 한 번 더 써 먹기로 했습니다.
과묵한 인간이 되는 것입니다.
과묵하게 되면 표정이 다양해집니다.
내 표정에 내가 놀랄 때도 있지요.

세계는 아직 바이러스 감염으로
하늘길이 자유롭지 않습니다.
가게 되는 날까지 롤핑연구소로 가는 지도를
외우고 있을 겁니다.

아쉬운 마음에 당신이 쓴 책을 찾아보았습니다.
이미 절판되어서 중고서점을 찾아보았습니다.
출판사에 이메일을 보내 보았습니다만,
아직 구하지 못하고 있습니다.
부산 보수동에 가면 중고서적을 파는
기나긴 골목이 있는데 부산에 가 봐야 할까요.

만일 당신의 책을 건네주는 사람이 있다면 그 사람에게
내 영혼을 팔겠습니다.

평소 중력에도 관심이 많았는데요.
선생님도 중력을 언급하셨더군요.
그렇다면 선생님과 나를 만나게 해준 에너지는
중력이었을까요.

태어나 죽을 때까지 사람은 중력이 끌어당기는
동일한 크기의 반작용으로 균형을 잡고 삽니다.
몸의 한 부분이 균형을 잃었다면 그 부분까지도
끌어당겨집니다.
그곳에 염증이 생기고 통증이 생기지요.
중력을 잘 바라보고 좀 더 이해한다면 삶은 좀 더
나아질 수 있을 겁니다.

중력을 생각하고 있다 보면 발견하게 되는 것들이
종종 있습니다.
예를 들어 보겠습니다.
나를 끌어당기는 힘 중 사람도 있잖아요.
그 사람의 힘과 동일한 힘을 운용할 줄 알아야 합니다.

힘의 안배라고나 할까요.
늘 어느 한쪽의 힘이 부족하거나 강해서
치우치게 됩니다.
그러려면 내게 힘이 있어야 해요.
내가 생각할 줄 알아야 하고요.
무엇보다 나를 끌어당기는 사람의 생각까지
받아들일 수 있어야 한다는 것까지 알게 되었는데요.
너무 늦게 알게 된 것 같기도 해서 쓸쓸해졌습니다.
그동안 너무 많은 사람과 이별했거든요.

책을 구할 수 없는 안타까운 마음에
편지를 쓰게 되었습니다.
정신을 가다듬고 찾아보니 서울에도 롤핑연구소가
한두 곳 있긴 합니다.
물론 이번에도 지도를 보았지요.
엎드리면 코가 닿는 가까운 곳에 있군요.
그래도 나는 지도에서 콜로라도 볼더까지
손가락으로 걸어가 봅니다.

소마 요가 시험은 어려웠지만,
선생님을 만나게 된 일은 정말 기쁜 일입니다.

선생님이 세상을 떠난 1979년이면

나는 여덟 살이었습니다.

당신이 세상에 오셨다 당신의 우주로 돌아갔다는 것을

기억하겠습니다.

책이 구해지면 다시 편지 하겠습니다.

2022. 처서.

용윤선 드림.

@마르셀 프루스트Marcel Proust께

『잃어버린 시간을 찾아서』를 죽기 전까지

읽을 것 같아요.

어렵지만, 계속 보게 됩니다.

이유가 뭘까 생각해보았는데 당신의 문장 때문입니다.

당신의 문장은 힘이 있어요.

벌판을 내달리는 말의 힘 같은 것이 아니라 끝자락이

보이지 않는 기나긴 명주천 같은 힘.

그 힘은 언뜻 보면 유약해 보이지요.

그러나 질기고 질긴 힘.

지금도 아무 곳이나 펼쳐서 읽습니다.

소리 내어 읽기도 하고.

읽을 때마다 당신 얼굴이 떠오릅니다.

만난 적 없고 만나고 싶다고 생각도 해보지 않았지만,

이미 알고 있었던 얼굴처럼.

아들이 마들렌을 좋아해요.

학교 다녀와서 매일 마들렌을 하나씩 먹지요.

홍차가 아닌 우유와 함께.
여름 휴가를 보내던 작은 마을 일리에 콩브레에서
홍차와 함께 마들렌을 주던
레오니 이모가 된 기분이 들어요.
아들에게 당신 이야기를 해줬습니다.

"너도 홍차와 함께 먹어볼래?"

아들은 고개를 흔듭니다.

"마들렌은 우유와 함께요."

한 번은 책꽂이에 꽂힌
『잃어버린 시간을 찾아서』를 보여줬습니다.
갖고 있는 것은 두꺼운 책이 상, 하로 두 권입니다.
아들이 말했어요.

"이 책에 마들렌이 나온다고요?"

『잃어버린 시간을 찾아서』를 쓰는 십삼 년간
아침마다 크로와상과 카페오레를 먹었다는

기록을 보았습니다.
십삼 년간 『잃어버린 시간을 찾아서』에 매달렸지요.
당신께 아침이란 오후 세 시나 네 시 정도였을 겁니다.
새벽까지 글을 쓰고 아침 내내 잠을 잤다는 기록도
있습니다.
평생 천식과 함께한 당신은 어떤 날은 침대에 누워서
썼다고 했습니다.
코르크 마개를 벽에 붙여 외부 소리를 막고요.
침대에 누워 그림을 그렸던 프리다 칼로의 이야기가
떠오르는군요.

『잃어버린 시간을 찾아서』 말고도 당신이 쓴
다른 책들을 찾아 읽었습니다.
당신의 책 중 가장 처음 읽기 시작했지만,
아직도 끝내지 못한 책은 『잃어버린 시간을 찾아서』
입니다.
나는 이 사실이 기쁩니다.
읽어야 할, 읽고 싶은 책이 있다는 것은 살아야 할
이유가 남았다는 것이니까요.

나도 당신처럼 크로와상과 함께

카페오레를 가끔 마십니다.
내 옛날 직업은 커피 선생이었답니다.
카페오레를 맛있게 만들 수 있습니다.
다른 사람은 인정하지 않을 수도 있지만요.
나는 기본에 충실합니다.
어떤 사람들은 유명하고 비싼 커피를 찾아다니지요.
한때 나도 그랬습니다.
세상 모든 일이 그럴 겁니다.
기본과 원칙을 지키면 그 다음은 저절로 이루어지지요.
커피 추출도 그러한데 말이에요.
이 진리를 깨닫고 나서 커피 선생을 그만두었어요.
이토록 단순한 진리를 알게 될 때까지
십여 년이 넘게 걸렸지만,
기본과 원칙을 알고 나니 알려줄 것이 없더라고요.

지금 막 카페오레를 만들었답니다.
광주에 사는 유일 씨가 보내준 커피인데
향이 끝내주는군요.
우유는 50도에서 55도 사이로
중탕하는 것이 중요하지요.
중요한 것 한 가지 더요!

잔을 데워야 합니다.
잔을 데우는 일이 매우 중요하지요.
커피는 온도니까요.
온도가 맞지 않으면 실패한 커피일 겁니다.
무엇보다 나는 잔을 데우는 일에 정성을 다하고,
물을 끓이는 일에 집중합니다.
데운 잔에 추출한 커피와 중탕한 우유를 같은 높이에서
같은 낙차를 주면서 동시에 붓습니다.
이때의 낙차는 부드러워야 합니다.
부드럽게 낙차를 주는 법은 팔의 감각에 맡깁니다.
오직 내 팔만 할 수 있을 것이라는 자부심도 있습니다.
힘의 시발점은 양쪽 폐가 있는 가슴의 언저리일 겁니다.

당신께 내 카페오레를 자랑하고 싶어서 편지를 쓰고
있는 것일까요.
이렇게 나이를 먹어도 자랑하고 싶은 욕망이 일어날
때가 있습니다.
아! 오늘의 크로와상은 식구가 대전의 역사가 오래된
과자점에서 사다 주었답니다.

사람들은 사소한 냄새, 소리, 그리고 맛이 기억을

떠올리는 일에 대해 '프루스트 현상'이라고 부르거나
'마들렌 현상'이라고 부르고 있습니다.
당신은 앞으로도 이토록 사랑스럽게 기억될 겁니다.

오늘은 아들이 학교에서 돌아오면
마들렌과 함께 홍차를 내어 줘볼까 합니다.
홍차 옆에 우유를 놓아주면 큰 불만 없겠지요.
언젠가 훗날 어른이 되면 홍차에 우유를 부어서 먹는
일도 할 수 있을 거라 상상하면서요.
마들렌은 홍차와 함께 먹고,
크로와상은 카페오레와 함께 먹어야 합니다.
당신처럼요!

천식 없이 건강하길 빌어요. 프루스트!
혹 지금 아침 식사 중이라면 카페오레 잔으로 건배해요.
짠!

2022. 크로와상과 카페오레를 먹는 시간.
용윤선 드림.

@ 서포 김만중께

오늘은 소마 요가 선생님과 자각몽에 대하여
이야기하게 되었습니다.
자각몽이란 꿈을 꾸면서 꿈이라는 것을 아는 것이라고
하더군요.
자각몽에 대한 이야기는 영화 〈인셉션〉,
〈오픈 유어 아이즈〉, 〈바닐라 스카이〉로 옮겨갔고,
소마 요가 선생님과 헤어져 집으로 돌아오는 길에는
당신이 생각났습니다.
아니 『구운몽』 말입니다.

나는 『구운몽』에게 반한 사람입니다.
마지막 육관 대사의 말이 너무 멋졌거든요.

"누가 꿈이며, 누가 꿈이 아니냐."

『구운몽』을 읽은 지 삼십오 년이 넘었는데요.

중간 중간 몇 번 다시 읽기도 했습니다.
소설가 히구치 이치오는『구운몽』을 필사까지
했다고 합니다.
이치오의 스승은 나카라이 도스이였지요.
도스이는『춘향전』을 번역한 최초의 한국
특파원이었습니다.
아마도 소설을 쓰려는 이치오에게 그의 스승 도스이가
『구운몽』 필사를 권했을지도 모르겠습니다.
육관 대사의 말 "누가 꿈이며, 누가 꿈이 아니냐." 만
간직하고 살았지만, 필사를 해볼 생각은 하지 못했던
것이 후회가 됩니다.
이제라도 늦지 않았겠지요.
이제라도 온 마음을 다해 필사를 한다면 당신처럼
꿈과 현실을 넘나들며 하고 싶은 이야기를 재미있고
속도감 있게 표현할 수 있는 걸까요.
이치오처럼 의미 있는 소설을 쓸 수 있으려나요.

그동안 글을 쓰고 싶은 사람과 글을 쓰려는 사람에게
필사를 권해본 적은 없습니다.
많이 읽고 개인적으로 의미 있는 작품들을 다시
읽어보는 일만 권해 왔습니다.

그러나 『구운몽』이라면 필사가 큰 힘이 될 수도
있을 것 같습니다.

아! 자각몽 이야기를 하다 말았습니다.
나는 이야기하다 삼천포로 빠지는 재주가 있습니다.
그러고 보니 세 번째 유배를 갔던 남해 노도가
삼천포에서 가깝군요.
길 찾기를 해봤습니다.
하루에 몇 번 없는 버스를 타면 세 시간쯤 걸리고
자동차로는 한 시간쯤 걸립니다.
그렇다면 이 도시에서 출발하면 하루가 꼬박
걸리겠습니다.
백련항에서 배를 타기도 해야 할 것 같습니다.
당신이 물을 길었던 우물 자리, 당신이 잠시 묻혔던 허묘,
그리고 짚으로 지었다던 초옥의 흔적들이
아직 있을까요.

『구운몽』은 판타지 소설입니다.
판타지 소설 안에 유교, 불교, 도교 사상을
불어 넣었습니다.
여러 등장인물이 나옵니다.

재미있습니다.
현실과 꿈을 오고 가는 공간과 시간의 이동이 있습니다.
꿈은 가짜가 아니고, 현실도 진짜가 아니라는,
꿈과 현실 전부가 사람의 삶이라는 깨달음이 있습니다.
그 깨달음마저 "누가 꿈이며, 누가 꿈이 아니냐."는
질문으로 하고 있습니다.
노도에서의 시간은 그토록 고독했습니까.

나는 꿈에 관심이 많습니다.
현실에서의 풀리지 않는 일들의 해답이 꿈속에 있을까
하는 의문을 갖게 되었습니다.
생각날 때마다 꿈에 대한 책들을 읽어보고 있습니다.
어릴 적 『구운몽』을 읽었을 때 꿈과 현실 모두
사람의 삶이라는 당신의 메시지를 알았더라면
얼마나 좋았을까요.
내 삶도 지금과는 다르지 않겠습니까.

베르나르 베르베르의 『잠』을 떠올려봅니다.
베르베르 참 멋집니다.
아니 베르베르의 작품들은 멋집니다.
당신과 베르베르가 만나서 이야기를 나누면 너무

재미있을 것 같습니다.
혹여나 그런 날이 온다면 나는 노트북을 열고
속기사처럼 당신들의 이야기를 기록하고만 싶습니다.

베르베르는 현실이 믿음이라면 꿈은 일체의
믿음으로부터 자유로워지는 것이라고, 사람은 현실에
갇혀 꿈을 받아들이지 못하는 것뿐이라고 말하더군요.
나는 이 말이 『구운몽』에서 "누가 꿈이며, 누가 꿈이
아니냐?"와 같은 말이라고 생각합니다.

무척 무서운 꿈을 꿀 때, 예를 들면 벼랑 끝에
서 있어서 떨어지는 일밖에 할 수 있는 일이 없을 때
나는 생각했습니다.

'괜찮아. 이건 꿈이야. 꿈이라고.'

『구운몽』의 성진처럼 눈을 떠서 손에 쥐어진 염주를
보고야 꿈이라는 것을 알기 전에 내가 꿈을 꾸고 있음을
직감할 때가 있습니다.
그러나 요즘에는 무서운 꿈은 잘 꾸지 않는 편입니다.
이튿날 해 질 무렵이나 다시 잠자리에 들 때쯤이나

어젯밤 꿈이 어렴풋 떠오릅니다. 꿈을 매일 기록해볼까 마음을 먹은 후부터 생긴 일입니다. 아마도 내 무의식은 꿈이 기록으로 남는 것을 좋아하지 않는 것 같습니다.

소마 요가 선생님과 헤어지면서 그런 이야기를 했습니다.

“저 우주 위에서 지구를 내려다보면 우리의 현실과 우리의 꿈은 하나겠지요.”

17세기의 당신은 “누가 꿈이며, 누가 꿈이 아니냐.” 라는 물음을 해주었습니다.
21세기의 나는 오늘 답장을 씁니다.

2022. 소마 요가를 다녀와서.
용윤선 드림.

@ 가와바타 야스나리Kawabata Yasunari께

야스나리.

야스나리.

심부의 장기로부터 입 밖으로 올라오는 이름, 야스나리.

마치 주문 같습니다.

큰 소리로 여러 번 불러도 당신은 전혀 신경 쓰지 않을 것

같아 차라리 마음 편히 부를 수 있습니다.

내가 태어나기 한 달 전에 당신의 우주로

돌아가셨더군요.

그러나 지금도 살아계신 것 같아요.

사진 속 당신의 눈에서 타오르던 불은 여전히

뜨겁습니다.

당신의 소설에 반한 것은 아니었습니다.

우연히 사진을 보게 되었습니다.

좋아하는 소설가 나쓰메 소세키, 다자이 오사무,

미야모토 테루의 사진을 문득문득 보다가
당신을 보았습니다.
아니 눈빛을 보았습니다.
누군가 보았더니 가와바타 야스나리였습니다.
야스나리라면…. 스무 살 무렵 기차 안에서 읽었던
『설국』이 떠올랐습니다.

‘이 사람이 『설국』을 쓴 야스나리라니. 오호!’

스무 살 무렵에는 인터넷도 없었고, 휴대폰도 없었기에
소설이 좋아도 사진을 찾아볼 생각은 못했습니다.
세상이 하루가 달리 변하다 보니 이제는 궁금해지면
노트북으로 사진이나 프로필을 산책하듯 찾아봅니다.

당신의 눈빛은 광채와 에너지로 가득 찼습니다.
눈은 제2의 뇌라고 합니다.
눈빛은 중력을 압도했고, 에너지는 바위 같았습니다.
그 무엇도 부러워하는 의욕 조차 없이 살아온 내게 갖고
싶은 것이 무엇이냐고 묻는다면 망설임 없이 야스나리의
눈빛이라고 말하고 싶었습니다.
갖지 못했고, 앞으로도 그럴 수 없겠지요.

뇌도 눈빛도 살아온 자국일 테지요.
중력을 압도하는 눈빛은 당신이 이 세상에 올 때
가지고 와서 잃지 않고 유지했던 에너지일 겁니다.
당신의 우주로 돌아갈 때 놓고 간 것인지….
아직 내 곁에 있습니다.

내 눈빛이 흐려지면 사진을 다시 들여다봅니다.
당신이 사랑했던 여인, '이토 하쓰요'와
함께 찍은 사진도 보았습니다.
사랑과 발랄함이 느껴지는 아름다운 모습입니다.

이제는 부럽거나 갖고 싶어서 혹은 닮고 싶어서
당신 사진을 보지 않습니다.
에너지가 소진되었을 때, 앞으로 나아갈 용기를
잃었을 때 당신의 사진을 봅니다.
당신의 사진을 볼 수 없을 때면
야스나리, 야스나리. 소리 내어 노래처럼 불러봅니다.

나가사키에 간 적이 있었습니다.
겨울이었지요.
나가사키미술관에서 하루를 보내고, 저녁을 하면서

술 한 잔도 할 겸 숙소 근처 시장 골목 만두집에
들어갔습니다.
숙소에 머물던 며칠 내내 해가 저물면 나는 그 만두집
앉아 있었습니다.
그 집 만두는 정말 맛있었습니다.
삼일 째였는지 나흘 째였는지 옆 테이블에는 어르신들이
큰 소리로 웃으며 이야기하고 있었습니다.
어르신들이 내게 어디서 왔냐고 물었습니다.
나는 서울에서 왔다고 했습니다.
서울에서 왔다는 말에 어르신들은 환호성을 질렀습니다.
욘사마의 나라에서 왔다고요.
생각해보니 무척 오래전의 일입니다.
욘사마는 한국 배우인데 그 당시 출연한 드라마가
일본에서 인기였나 봅니다.
어르신들의 부인들께서 모두 욘사마의 팬이라고
말했던 것 같습니다.
한 분이 다시 물었습니다.

"당신은 일본을 좋아하나요?"

"가와바타 야스나리를 좋아합니다." 라고 말했습니다.

어르신들은 일어나서 박수를 치며 환호성을 질렀습니다.
어르신들은 매우 기쁜 듯 보였습니다.
나도 기뻤습니다.

일본 말을 할 줄 알았다면
좀 더 정확히 말했을 것 같습니다.

"가와바타 야스나리의 중력을 압도하는 눈빛을
좋아합니다."

어르신들은 내가 먹은 만두와 술값까지 다 계산하고
반가웠다고 인사해주었습니다.

다음날 혹시라도 만나면 나도 만두와 술값을
내드려야겠다는 마음으로 다시 갔습니다.
어르신들은 오지 않으셨고, 만두집 주인 부부만 반갑게
맞아주었습니다.

야스나리.
당신은 19세기 마지막 해에 태어나서
20세기에 당신의 우주로 돌아갔습니다.

지금은 21세기입니다.
지금에 와서 당신이 우리에게 말해주었던
고독, 외로움, 허무함이 깊고 아름다웠다고
말하고 싶어서 편지를 쓰는 건 아닙니다.
여름보다 여름이 떠난 자리가
더 뜨거울 때가 있었던 것처럼
당신이 이 세상에 존재했을 때보다
더 뜨거운 지금이 존재함을 전하고 싶었습니다.

야스나리.
야스나리.
자꾸만 불러도 되나요. 야스나리.
이름을 부르면 당신의 눈빛이 나를 비추고,
이제는 의자를 붙잡고서라도
일어날 수 있을 것 같습니다.
언제고 두 발로 땅을 디뎌
골반 위에 척추를 반듯하게 얹히고 일어서게 되면
그때도 나를 오래오래 비춰 주십시오.
빛을 받으며 아무에게도 들리지 않는 목소리로
말하고 싶습니다.

“나는 야스나리의 눈빛을 쬐고 있습니다.”

2022. 가을 태풍 전야.

용윤선 드림.

@ 플래너리 오코너Flannery O'Connor께

바쁜 일들이 끝났습니다.

그러나 바쁜 일이 끝났다고 말해서는 안 될 것 같습니다.

다음 달이면 한가해진다는 말을 십 년도 넘게 하면서

살아온 것 같아서, 며칠 후에 짠 하고 바쁜 일들이

들이닥칠 수도 있을 것 같아서요.

바쁘고 어렵고 힘들던 일상에서 문득문득 거울에 비친

나를 보고 얼마나 놀랬는지 모릅니다.

며칠 사이에 할머니가 된 것 같습니다.

아름답고 우아한 할머니가 아니라 종일 일하다가

허리 한 번 겨우 펴본 할머니같이.

마음에 들지 않는 상대가 나타나기라도 하면

당장 싸울 수 있는 사자 얼굴을 하고 있습니다.

슬펐습니다.

슬픈 와중에 책상에 쌓아놓은 책 중

『기도 일기』를 꺼내서 읽게 되었습니다.

기도하고 싶었던 것일까요.

기도할 일이 있는 것일까요.
기도란 노력한 사람이 최후에 할 수 있는 것이라고
생각해 왔습니다.
내 노력은 언제나 미력했으므로 기도할 수 없었고,
기도하지 못했던 날들 뿐이었습니다.
그러나 기도밖에 할 수 없는 일이 종종 생깁니다.

플래너리 오코너!
『기도 일기』는 눈물을 멈출 수 없군요.
가끔 눈물이 멈추지 않는 책들이 있는데 무척
오랜만입니다.
오코너!
『현명한 피』를 선물 받아 읽으면서
처음 당신을 알게 되었습니다.
지금도 오래전도 책을 선물해주는 사람에게
나는 많이 고맙습니다.
『기도 일기』를 읽고 있으니 바쁘고 복잡하고 어려운
시간들이 생각나지 않고 『현명한 피』를 선물 받았던
기억이 납니다.

"오코너는 우리에게 끊임없이 선과 악, 그리고 구원에

대해 묻는 일을 멈추지 않았던 작가예요."

그가 말하며 『현명한 피』를 내밀었습니다.

그는 내게 읽고 있었던 책들을 뛰어넘는 좀 더 새로운
책들을 소개하고 싶었던 것 같습니다.
타인에게 책을 소개할 때는 여러 마음이 있겠지만,
이제는 그가 왜 내게 당신의 책들을 소개했는지
알겠습니다.

"『현명한 피』 같은 장편이 한 권 더 있고요.
『좋은 사람은 드물다』와 『오르는 것은 모두 한데 모인다』
같은 단편도 있어요. 일단 읽어보시고 마음에 드시면
천천히 찾아 읽어 보시길요."

오코너.
지금은 그 사람과 만나지 않습니다.
그렇게 되었습니다.
같은 세상에 존재하지만, 없는 것과 같은 존재가
서로에게 되었습니다.
없는 것과 같은 존재란 아무렇지도 않는 존재와 같은

의미일까요.

나는 당신의 소설 중 『좋은 사람은 드물다』를
좋아합니다.
등장인물의 모습을 묘사하는 데 당신은 성실했습니다.
나도 그렇게 글을 쓰고 싶었지만, 내게 그런 재능은
없는 것 같습니다.
재능보다는 성실한 노력이라고 해야 맞겠지만,
내 노력에 결핍을 느껴 왔습니다.

지금은 그 사람은 없고, 오코너 당신의 책
『현명한 피』도 없습니다.
헤어지고 책을 정리하면서 『현명한 피』도 정리했습니다.
미안합니다. 오코너.
정리하면서 고민도 하였습니다.

'그 사람과 『현명한 피』가 무슨 상관이란 말인가.
내가 과한가. 아니야. 그와 관련된 것은 모조리
정리해야 해.'

그후로는 나도 책을 선물하는 일이 줄어들었습니다.

한 번은 책을 선물하니 받는 사람이

"책을 누가 선물해요? 취향이 모두 다른데."

선물이란 주는 사람의 마음보다 받는 사람의 마음일까
참 오랫동안 생각했던 계기가 되었습니다.

또 한 번은

"소설을 읽기에는 사는 게 너무 바빠서.
소설은 할 일 없는 사람들이나 읽는 거 아닌가요."

억지로 책을 가방에 넣어가는 모습 이후
나는 책을 잘 선물하지 않게 되었습니다.

물론 이것은 내 핑계일 겁니다.
솔직하게 말하면 유한한 사람의 관계 속에서
흔적을 남기는 일이 두렵기 때문일 겁니다.

사람보다 책을 정리하는 일이 더 아팠습니다.
사람에게는 이유가 있지만, 책에는 이유가 없기

때문입니다.

오늘 『기도 일기』를 읽다가 오코너를 다시 만났습니다.
『현명한 피』가 소환되고, 『현명한 피』를 선물했던
사람이 생각났습니다.
생각나도 아무렇지 않지요.
나이가 든다는 것은 아무렇지도 않은 일이 많아진다는
일과 같습니다.
좋은 일이지요.
아무렇지도 않아야 아무렇지 않게 살 수 있어요.

그때는 팔이나 다리 하나가 떨어져 나간 것 같았습니다.
아침에 눈을 떴는데 팔과 다리가 없는 것 같았습니다.
허망하다는 뜻이 무엇인지 알게 되었습니다.
아무렇지 않은 상태에 도달하기 위해서는 많은 일이
있어야 하더라고요.

멈추지 않고 선과 악, 구원에 대해
물어주어서 고마웠습니다.
아직 답을 알지 못하지만,
답을 기다리고 있지도 않지만,

찬물에 밥을 말아 먹다가 깨달음이 오는 어떤 날처럼,
내게 『현명한 피』를 내밀던 그날처럼,
아무렇지도 않게 서로에게 멀어졌던 어떤 순간처럼
언젠가 답이 내게 올 것이라는 것을
알고 있습니다.

『기도 일기』에서 당신은 좋은 글을 쓰게 해달라고
기도했지만, 글쎄 나는요. 오코너!
당신처럼 훌륭한 작가가 있어서
내가 특별히 써야 할 이유를
찾기 힘들어질 때도 있습니다.
분명한 것은 근래에 바쁘고 어렵고 힘든 시간을
보내면서 나는 글을 쓸 때 제일 기쁘다는 것을 알게
되었답니다.

몸의 일부가 떨어져 나가는 것 같은 이별일지라도,
문득 거울에 비친 내 모습이 충격이라도 글을 쓰는
순간이 존재한다는 것은 소중합니다.

또 끝없이 말이 길어지네요.
건강하시길요.

두 손 모아 당신의 건강을 소망합니다.

2022. 눈물을 멈출 수 없어서.

용윤선 드림.

@ 몸에게

처음 말을 건넨다.
너무 늦었지.
늦었지만, 이렇게 말을 건네 볼 생각을 하게 되어
행운이라고 생각해.

"잘 지냈니?"
"잘 있었어?"
"어떻게 지냈니?"

왜 한 번도 네게 묻지 못했을까.
한 번도 네 생각을 하지 못한 채 살았던 걸까.
네가 신호를 여러 번 보냈던 같은데 마치 바쁜 약속이
있는 사람처럼 나는 오직 정신과 마음, 그리고
영혼으로만 이루어졌다고 믿었던 걸까.

세상 모든 것을 극복할 수 있다고 생각해 왔단다.

극복하고 이겨내고 초월해야 훌륭한 인간이라 믿었지.
훌륭한 인간이 되고 싶다고 생각해본 적 없었지만,
그것은 훌륭하지 못한 인간으로도 살지 않겠다는 말과
같은 건 아니었을까.
극복하고 이겨내고 초월하는 것이 아니라 인정하고
받아들이며 숨을 고루고 사는 것이라는 것을 너를 통해
알게 되었어.

잠을 자는 순간에도 머릿속에 채우기에 바빴던 것 같아.
그래서 꿈도 많이 꾸었던 걸 거야.
잠을 자지 않는 시간에는 늘 책을 읽느라 바빴지.
알고 싶은 게 많았고, 그것들을 모조리 다 머릿속에
넣어두고 싶었어.
심지어 잘 때는 읽던 책을 베고 잔단다.
지금도 그래.
책을 베고 자면 행복해지지.
책 속 내용들이 잠을 자는 동안 내게 한 글자씩
입력될 것 같아서.

책도 읽어야 하고, 커피도 볶아야 하고, 커피 수업도
준비해야 하고, 커피 수업도 잘하고 싶었고,

아이들도 잘 챙기고 싶었어.

반짝이는 햇빛, 하늘, 그리고 구름 같은 아름다운 것들과

내 욕심들을 일 초의 갈등도 없이 바꿨지.

그것으로도 부족해서 친절과도 맞바꿨어.

사람들에게 친절할 여유가 없었지.

앞만 보이는 달리는 경주 말처럼 나는 늘 눈앞만

바라보았어.

그곳에 읽고 싶은 책들과 하고 싶은 커피와

내가 낳은 아이들이 높은 산처럼

항상 우뚝 서 있었으니까.

식당에 들어가 밥을 먹었어.

늦은 오후였고, 그날도 밥 때가 지나서 허겁지겁

먹었던 것 같아.

밥 먹는 시간도 내게는 크게 중요하지 않았지.

다음 일을 하기 위한 에너지 비축 같은….

안 먹어도 되는데 안 먹으면 배고프고 배고프면

좋아하는 일을 잘할 수 없으니까 그냥 먹는 거였지.

그래서 늘 혼자 먹는 시간이 편하고 좋았어.

같이 먹는 사람이 있으면 이야기라도 해야 하고 그러면

또 내 시간이 줄어들까 봐 다른 사람과 밥을 먹을 일이

생기면 열두 번도 더 생각하고 약속했지.

나는 왜 그랬을까…. 너는 내가 왜 그랬는지 알고 있니?

등에 뭐가 나기 시작한 지 십여 년이 넘었어.
십여 년간 등에 뭐가 났던 개의치 않았어.
눈에 안 보일 뿐 아니라 여드름처럼
그럴 수도 있겠다 싶었어.
십 년간 개의치 않았더니 목으로 올라오고
귀로 올라오기 시작했지.
사실 나는 그래도 괜찮았단다.
거울을 거의 안 보고 살아서 잘 몰랐기도 하고,
눈은 침침해져서 자세히 보지 않으면 잘 보이지 않아.
내 에너지 대부분은 뭔가 생각하는데 사용하고 있었지.

무슨 생각을 하냐고?

흠….
어디다 서점을 하면 행복해질까.
콜롬비아에 홍수가 났다고? 생두를 듬뿍 사둬야겠네.
롤랑 바르트 책을 다 읽어야겠어. 모조리 다.
버스를 타고 갈까, 지하철을 타고 갈까, 운전해서 갈까.

쓰고 보니 많이 유치하고 그리 중요했던 일들도
아닌 것 같아.
의심과 욕망 덩어리뿐이었군.

바빴던 그날로 돌아갈게.
요가원에 갔지.
코로나 이전이었기 때문에 한 스무 명쯤 같이하는
요가원이었어.
비둘기 자세를 하고 있었어.
기어나는 자세에서 한쪽 다리는 구부려 앞으로 하고
반대쪽 다리는 뒤로 곧게 펴서
상체를 세우는 동작 말이야.
어려운 아사나는 아닌데 그날따라 힘이 들더라고.
시선은 바닥을 향하고 있었는데 발이 눈앞에 보이더라고.
처음 본 듯 낯설었어.
한참 봤단다.
한참 보는데 내 발이더라고.
수분을 잃은 지 오래였고, 종일 어디를 다녔는지
얼룩얼룩하고 여기저기 주름이 모두 다르게 생겨 있었어.
모르는 사람의 발 같았지.
다른 내가 저만큼 서서 나를 보고 있는 것 같았어.

나는 오직 하나인 줄 알았는데 발을 보는 나도 있고,
이렇게 쓰고 있는 나도 있고, 저만큼 서 있는
나도 존재하는 것 같았어.
셋을 내려다보는 제4의 내가 요가원 천장 중간쯤에도
있었단다.

코 안이 뜨듯해지면서 눈물이 나려고 했어.
어떤 기도의 찰나처럼 우주가 조금 움직이는 듯도 했고.
내가 낳은 아이들이 내 것인 것처럼 발도 내 것이라
착각했는데 어느 날 보니 내가 낳은 아이들은 그들의
소명으로 세상에 온 것뿐이고, 발도 발의 소명이 있어
나를 세워주는 일을 하고 있을 뿐이었지.
비둘기 자세를 하다 울어버린 그날부터 나는 가끔
너를 생각해.

너를 생각하면 평온해진다.
떨어져 있어도 마음으로 함께 있는 친구에게 안부를
건네는 것 같은 일이지.
발을 생각하고 팔을 생각하고 이제는 심장과 위를
생각하고 폐를 생각하고 골반도 생각해.
영혼이 담겨 있다는 장요근도 생각하지.

한참 생각하고 있으면 심장의 모양이 떠오르거나
폐의 색깔이 떠오르기도 해.
그들의 모양과 색깔은 때마다 다르단다.

비사회적 인간이어서 끝까지 코로나 바이러스에
감염되지 않는구나, 나는 역시 친구가 없구나 했는데
얼마 전에는 코로나 바이러스에 감염이 되었단다.
일주일간 소파에 앉아 자발적 은둔자에서 벗어난
강제적 은둔자가 되었단다.
혼자 앉아 있다 보면 여러 가지 생각을 하게 되잖아.

요추 안쪽 어두운 곳에 차곡차곡 쌓아뒀던 욕심들이
꿈틀거리기 시작하는 오후였어.

흠….
서점을 어디다 다시 크게 해볼까.
풍경 좋은 곳이 어디였더라?

이런 생각에 눈이 반짝반짝하는데
왼쪽 어깨가 앞으로 말리는 거야.
목구멍과 명치끝이 조여 오면서.

허벅지 뒤편은 급작스럽게 수축되고
미간에는 주름도 생기고.

마음과 몸은 함께 움직이나 봐.
마음이 몸을 봐주지 않으니 등에 난 것들이 목과 귀로
올라와서 언젠가부터 사람들이 한마디씩 해.
침을 맞고 있나? 꼬집는 사람이 있느냐?
팔과 목을 가리는 옷을 입기 시작했지.
슬퍼졌어.
그래서 너를 생각하게 되었고,
네 안을 보려고 노력하게 되었어.

사람에게는 몸 안을 들여다보는 눈이 따로 있는 것 같아.
가끔 고민이 될 때 나는 네게 물어보지.

"나 지금 이거 진심인 거야?"

그럼 장요근이 대답해줘.

"응. 네가 원하고 있어."

어깨에게 물어볼 때도 있지.

"너 지금 막 앞으로 나오고 있는데 내가 서두르고 있니?"

그럼 왼편 쇄골과 오른편 쇄골이 길게 선을 그리며
어깨가 다시 들어가.

우리가 함께였다는 것을 알지 못해서 미안해.
많이 미안했다.
등에 난 것들도 많이 사라졌어.
사라진 것이 아니라 잠시 들어가 있는 것일 수도.
사라질 수 없을 거야.
세상에 사라지는 것은 없는 것 같아.
각자의 길로 순환하면서 잠시 만나는 것뿐이야.

우리 다시 헤어지지 말자.
고마워.

2022. 코로나 감염에서 격리해제 된 날.
용윤선 씀.

@ 요제프 필라테스Joseph H. Pilates께

좋아하는 사람이 생기거나 싫어하는 사람이 생기면
그 사람에 대해서 생각하는 습관이 있습니다.
좋아하는 사람은 더 알고 싶어서,
싫어하는 사람은 이해하고 싶어서인 것 같습니다.
당신에 대해 생각하게 된 것은
필라테스라는 운동을 하게 되면서부터였습니다.

몇 년 전부터 바이러스가
사람의 목숨을 위협하고 있답니다.
당신이 살았던 때에도 스페인 독감이라는 것이
있었다지요.
많은 사람이 아팠고, 목숨을 잃었다고 들었습니다.
전쟁 사망자보다 스페인 독감 사망자가 많았다고
하던데요.
그 당시 많은 사람이 죽어갔는데도
당신이 있었던 랭커스터 포로수용소에서는

사망자가 단 한 명도 없었다고 했습니다.
이런 이야기를 들었을 때도
당신에 대해 별 관심은 없었습니다.

명상과 요가에 빠져 있었습니다.
명상은 크게 요가에 포함된다고 생각합니다.
우연하게 명상을 시작하게 되었습니다.
마음만 살필 것이 아니라 몸도 함께 살펴야 한다는 것을
절실히 깨달았지요.
마음과 몸이 하나가 된다면 좋겠다고 생각했습니다.
나는 욕심이 항상 과했습니다.
커피도 잔이 넘치게 내려 마시고,
가고 싶은 곳이 생기면 꼭 가보는….
욕망에만 충실하게 살았습니다.

높은 산에 올라가면 다 보이지만,
자세히 보이지 않잖아요.
알면서도 마음에서 씨앗이 발아하면 욕망만 바라보면서
달려가는 습성을 아직도 버리지 못했습니다.
이렇게 태어난 걸 어떡하겠습니까.

코로나 바이러스 감염으로 아무것도 할 수 없는 시절이
잠시 있었습니다.
'잠시'였다고 말해도 될지 모르겠습니다.
사과를 사러 과일 가게에 갔다가 같은 건물에
필라테스 학원이 있는 것을 보았습니다.
한 달만 다녀볼 계획이었답니다.
바이러스가 물러가고 요가원이 다시 문을 열면
버스를 타고 요가원에 매일 갈 수 있을 테니까요.
몸과 마음이 하나가 되는 일이 시급했던 내게
벽에 써진 까만 글자들이 들어왔습니다.

'몸과 마음의 완벽한 조화'
'몸을 완벽히 조절하는 것을 통해
마음까지 지배하도록 해준다.'

나는 커피나 와인, 그리고 김밥에 쉽게 사로잡히지만,
마음에 쏙 들어오는 어떤 말에 사로잡힐 때도 있습니다.
스스로 지배하고 싶었던 마음은 어떤 것이었을까요.

담당 선생님 이름은 우주.
우주 선생님은 올라가지 않는 왼쪽 팔과 왼쪽으로

돌려지지 않는 등 뒤편에서 낮은 목소리로 천천히
가르쳐주기 시작했습니다.

"윤선님. 숨을 크게 들이 마시고, 숨을 길게 내쉽니다.
하나, 둘, 셋.
흉곽을 닫으세요. 날개뼈를 내리세요. 잘하셨어요."

당신에 대한 관심은 그렇게 시작되었습니다.

어릴 적 피아노 학원에 너무 다니기 싫었거든요.
체르니가 미웠습니다.
한 권도 아니도 100번부터 30번, 40번, 50번까지
책을 만들어 이토록 괴롭게 한단 말인가.
필라테스, 아뿔싸! 당신도 체르니처럼 사람이었다는
것을 알게 되었지요.

우주 선생님은 운동 숙제를 내주었습니다.
숙제하기 싫은 마음에 당신에 대해 검색을
해보았습니다.
당신이 유일하게 남긴 책 『필라테스 바이블』을
발견했습니다.

모든 궁금증을 책으로 해결하는 나는
얼른 책을 주문했습니다.
한 달이면 끝난다던 감염 시대는
삼 년째 지금도 진행 중입니다.
와인을 전혀 마시지 않는 우주 선생님께 꾸준히 와인을
전파해서 즐겁게 서로 와인 이야기도 하게 되었지만,
우주 선생님이 코로나 바이러스 감염으로 입원하면서
헤어지게 되었습니다.
헤어질 수밖에 없으면 헤어지는 것이지요.
담담하게 받아들였습니다.
사람과 사람이 헤어질 때는 사건이 발생하는 것
같습니다.
질병은 큰 사건입니다.

다른 선생님께 배우게 되던 날, 이런 일이 있었답니다.

"윤선님, 오늘 처음 오셨지요?"

아무래도 운동하는 내 모습이 어눌했던 모양입니다.
우주 선생님이었다면 내게 이런 말은 하지 않았을
테지… 같은 마음은 갖지 않기로 했습니다.

원인은 아직도 왼쪽 팔이 안 올라가고, 왼쪽으로 등이
돌려지지 않는 내 몸에 있다는 것을 압니다.
몸과 정신의 완벽한 조화는 죽기 전에
이루기가 어렵지 않을까 싶습니다.

제1차 세계대전이 일어났을 때 영국에 있던 당신은
독일인이라는 이유로 랭커스터 포로수용소에
강제 수용 되었습니다.
세상일은 이해되지 않을 때가 많습니다.
자다가 봉창 두드리는 일이 다반사로 일어납니다.
어릴 적부터 아파서 운동에 관심이 많았던 당신이
포로들의 건강을 위해 간이 침대에 스프링을 연결해
운동 방법을 만들었다고.
그래서 포로수용소에 사망자가 없었던 이유는
거기에 있었을 것이라고 추측합니다.

요가에서도 필라테스에서도 호흡이 참 중요합니다.
사는 일이 숨 쉬는 일이라는 말에 공감합니다.
진리가 하나라는 말은 맞는 말 아닐까요.
지난 토요일에는 호흡에 너무 과민하다는 충고를
들었답니다.

아직도 몸과 마음의 완벽한 조화를 꿈꾸는 걸까요.
내 호흡이 자연스럽지 못했을 겁니다.
숨을 들이쉴 때 욕심을 내는 것 같습니다.
많이 들이쉬어야 많이 내보낼 수 있고,
내 안에 버리고 싶은 것들이 아주 많기 때문일 겁니다.
그런 욕망이 아직 붙잡고 놓지 않는 것입니다.
상대가 붙잡고 놓지 않으면 내가 놓으면 될 것도 같은데
나도 어딘가를 붙잡는 것은 아닐까요.

포로수용소에 있으면서도 사람들의 운동과 건강에 대해
고민했던 당신을 닮은 다른 사람이 이 시대에도 어딘가
있지 않을까 기대하지 않습니다.
나만이라도 소리 없이 그 방향으로 살아보고
싶어졌습니다.

아무렇지 않게 잘 살고 있다고 생각했습니다.
주말마다 살고 싶은 집을 알아보러 다니고,
신선하면서 맛있다는 세계의 커피와 와인을 찾아다니고,
다른 사람에게 피해주지 않으면서
적당히 착하게, 적당히 실속 있게요.
적당해야 하는 것이 아니라 온전해야 한다는 것을

알게 되었습니다.
온전하지 않은 마음으로 살아갈 수 없다는 것을요.
그래서 눈을 감고 명상하게 되었습니다.
몇 년을 그렇게 보내다가 몸이 온전해야
마음도 온전할 수 있다는 것까지.
몸이 온전하지 않으면 종이 집이어서 순금으로 만든
지붕이라도 허물어지고, 마음이 온전하지 않으면
돌로 지은 집이라도 종이 지붕이어서 바람이 불면
날아갔습니다.
사람의 일생은 이러다가 끝나는 것입니까.
그래서 나는 '몸과 마음의 완벽한 조화'라는 말에
사로잡혔던 것 같습니다.

지금 이 순간, 아직도 사로잡혀 있냐고 내게 물었습니다.

몸과 마음은 함께 가는 것이지만,
앞서거니 뒤서거니 하는 것 같습니다.
어제는 몸이 괜찮았는데 마음 아픈 일이 많았고,
오늘은 마음은 조금 나아졌는데
의자에서 일어나다 허리를 다쳤습니다.
불편한 내 왼쪽은 아직은 견딜 만한 오른쪽과

같아질 수는 없을 것 같습니다.

같아지지 않아도 괜찮다고 생각합니다.

불편한 왼쪽만 살피다가는 오른쪽이 아파지는 날이

찾아올 것 같기도 합니다.

왼쪽 옆구리 뒤편에 콩팥이 있고, 콩팥 위에는 횡격막과

비장이 있습니다. 왼쪽이 불편할 때는 이렇게 물어봅니다.

"콩팥, 비장, 그리고 횡격막! 오늘은 햇볕이 참 좋단다.

너희에게도 이 빛이 들어가는지."

오른쪽이 저릿한 날에는

"안녕! 간, 그리고 담낭아. 지금 호숫가를 걷고 있어. 조금

뛰어볼까? 내가 뛰어서 호수에 파도가 치면 어쩌지?"

당신 덕분입니다. 요제프 필라테스!

2022. 필라테스를 다녀와서.

용윤선 드림.

@ 글렌 굴드Glenn Gould께

아침마다 아이를 학교 앞까지 태워다 줍니다.
시간을 지키는 것에 강박이 있는 나는 '조금 늦게 가면 어떠한가.' 하는 생각을 몸소 실천하는 아이를 보면서 괴로워하다가 어느 날부터는 목적지까지 데려다주는 일을 선택했습니다.
졸업을 앞두고 있으니 이제 아침 운전도 얼마 남지 않았습니다.

기나긴 연휴가 끝났습니다.
혼자 있는 시간이 거의 없는 연휴를 좋아하지 않습니다.
연휴가 끝나는 이튿날은 일찍 서재로 옵니다.
오늘도 그랬습니다.
아이를 학교 앞에 내려주고 비장하게 유턴해서 서재로 왔습니다.
오랜만에 세우고 싶은 자리에 주차도 할 수 있어 만세를 부르며 감격했습니다.

좋은 자리에 주차하게 되면 축복 받은 느낌이랄까요.
운전에 신경이 곤두설 때가 많은 나만의 기분이
있답니다.

아이를 태우고 학교를 가는 길에 매일 듣는
라디오 방송이 있습니다.
〈출발 FM과 함께〉라는 클래식 음악 방송인데
내심 학교 가는 아이에게 편안함을 주었으면 하는
바람으로 듣기 시작했습니다.
오늘은 연주곡을 두 곡 들려주었습니다.
두 곡 모두 당신의 연주곡인지 알지 못했지요.
단지 이런 생각에 젖어 있었습니다.

'와우! … 다른 세상에 있는 것 같은 기분이 드는
음악이네. 피아노 치는 사람은 누굴까?'

서재에 들어오자마자 편성표에서 곡을 찾아보았습니다.
글렌 굴드.
1955년 연주곡과 1981년 연주곡이군요.
1955년이면 당신은 스물다섯 무렵이었고,
1981년이라면 당신이 세상을 떠나기 일 년 전,

마흔아홉 살이었을 겁니다.
미셸 슈나이더의 책을 읽으면서 당신을 처음
알게 되었습니다.
회색을 좋아했고, 손잡는 것을 싫어했으며,
나쓰메 소세키의 『삼각의 세계』를 즐겨 읽었고,
집 앞 문패를 떼버렸으며, 녹음 속에 목소리와
삐걱거리는 의자 소리를 그대로 남겼고,
둘 이상의 관계보다는 일 대 일의 관계를 좋아했고.
이런 점들이 당신의 연주를 들어보고 싶게 했습니다.
당신의 사진도 보았습니다.
당신의 연주 사진은 강렬했지만, 사진보다
더 강력한 것은 당신의 연주곡들이라는 점에
반대하는 사람은 없을 겁니다.

나는 음악에 문외한이어서 몇 번 들어도 잘 모른답니다.
당신의 연주곡도 그렇습니다만,
오늘 아침에는 기분이 참 이상했습니다.
몸과 마음을 가라앉게 했고,
공기를 청명하게 느끼게 했고,
하늘과 땅의 경계를 없게 해주었으니까요.

당신은 평생 어깨 통증에 시달렸다고 알고 있습니다.
치료 받기보다는 스스로 밀랍을 이용해 치유하면서
지냈다고 했습니다.
사진과 영상을 한 번이라도 본 사람은
당신의 어깨 통증을 미루어 짐작할 수 있을 겁니다.
등은 구부리고 턱은 건반에 닿고
팔꿈치는 아래로 내렸지요.
턱으로 도입부를 지시했고, 후두부로 박자를 맞추고요.
입은 벌렸다 다물었다. 콧노래도 함께하면서요.

나도 손잡는 것을 좋아하지 않습니다.
몇 년 전부터 소마 요가를 하고 있답니다.
소마 요가 시간에 '핸즈 온'이라는 세계를 알게
되었는데요.
당신과 내게 접점이 생긴다면
당신 어깨를 치유해주고 싶었습니다.
지금이라도 고통스러웠던 당신의 어깨와 함께
숨을 마시고 내시고 싶습니다.
가능하지 않겠지만, 나는 이런 일들이 아마도
가능할 수도 있다고 믿기 시작했답니다.

너무 멀리했다면 가까워질 수밖에 없고 가까웠다면
멀어질 수밖에 없는 일들이 이해되기 시작했다고나
할까요.
손잡는 것, 참 귀찮고 거북하다고 생각했는데
요즘은 괴로운 어깨, 뜨거운 이마를 보면 그들과 함께
숨을 마시고 내시면서 공명해보고 싶다는 생각이
듭니다.
내가 사용한 에너지가 내게 돌아온다는 걸 느꼈습니다.
내가 사용한 미움과 슬픔의 도착지가 나라는 것을요.
자동으로 미움과 슬픔을 사용하지 않게 되었습니다.
물론 뜻하지 않게 미워하고 슬퍼할 수밖에 없는
일들도 생깁니다.
그러나 빠르고 신속하게 원하는 자리로
돌아올 수 있게 되었습니다.
당신의 어깨가 아프지 않았으면 좋겠습니다.
당신의 음악을 듣는 사람으로서
마음의 선물이라고 할까요.

당신과 내가 좋아하고 좋아하지 않는 것이 많이 닮았다고
해서 당신에게 호감을 느꼈던 건 아니었습니다.
거의 없는 일이지만, 나와 닮은 사람들을 발견하게 되면

더는 생각하지 않는 편입니다.
어려움이 많겠구나 하는 염려가 생기기 때문입니다.
당신은 위대한 연주곡들을 우리에게 남겨주었지요.
당신을 내가 닮았다고 감히 말할 수 없는 까닭입니다.

연주 영상을 본 적이 있는데요.
당신도 없고 피아노도 없고 음악만 있더군요.
몸과 영혼을 불사르는 것이 무엇인지 느낄 수 있지요.
그런 일을 당신은 오십 년을 했군요.

잠깐 연휴 이야기를 들려드릴게요.
연휴 내내 인생이 참 답답하고 숨 막힌다는 생각이
들었답니다.
죽는 수밖에 길이 없는 걸까 생각했지요.
저녁에 잠옷으로 갈아입다 알게 된 것인데
종일 티셔츠 앞뒤를 바꿔 입고 있었더군요.
그래서 목이 조이고 가슴이 빽빽했나 봅니다.
자신을 보지 못한 채 답답하고 숨 막히는 기분으로
식구와 세상을 바라보았던 하루가 죄스러운
밤이었답니다.
살아 있다는 것은 매일 미안한 일입니까.

당신도 그랬습니까.

슈나이더의 책에 의하면 당신은 빈 말을 싫어했다고
했습니다.
음악을 단어들에 대한 보복이라 믿었고 익사한 말에는
울림이 없다고도 했지요.
나도 빈 말을 싫어하지만, 매일 빈 말을 하고 있을 겁니다.
빈 말을 했던 내가 싫어서 죄책감에 시달릴 때 나는
당신의 연주곡을 듣습니다.
하지만 요즘은 바른 말을 할 수도 없습니다.
바른 말의 도착지도 나이니까요.
누군가에게는 나쁜 말이 될 수도 있을 것 같은 불안이
내게는 있습니다.
그러니 우리는 음악을 들을 수밖에 없고,
말보다 음악이 더 잘 들릴 수밖에요.

오늘 아침 반가웠습니다.

2022. 연휴 이튿날 아침.
용윤선 드림.

@ 당신에게

서귀포에 다녀왔어.

서귀포에 다녀와 두 계절이 지나는 동안 생각이 많아졌어.

이야기를 어떻게 시작해야 할까.

박 선생님이 '체 내리는 집'을 소개해줬지.

'체 내리는 집'

검색해봤는데 정보가 많이 없더라고.

당신도 알지? 내가 겁도 많고, 의심도 많은 거.

박 선생님이 소개한 것이 아니라면 가보지 않았을 거야.

박 선생님이 '체 내리는 집'으로 나를 데려다주었어.

오래되고 누추한 집일 거라고 생각했는데

집 앞에 도착해 얼마나 놀랐는지 알아?

그때 기분을 어떻게 말해야 할까.

하늘에 커다란 창문이 열려 있는 것처럼 공기의 흐름은

일정한 속도로 순환되고 있었고, 집 앞으로 줄을

기다랗게 선 사람들이 슬로우 모션처럼
이동하고 있었어.
처음 와 본 세상이지만, 오래전부터 존재했던
다른 세상 같았지.
사람들은 옷을 들고 있었어.
물론 나도 옷을 들고 갔고.
집 안은 매우 깨끗했어.
우리가 가끔 가던 성북동의 만두집처럼 올라서면
미끄러질 것 같이 바닥이 반짝반짝 했어.
안경을 내려 쓴 어르신이 사람들이 가져간 옷을
혼잣말을 하면서 쓰다듬어 주고 있었어.
그 집은 아픈 사람들이 많이 간대.
'체 내리는 집'을 소개해준 박 선생님의 눈에
내가 아파보였던 것 같아.
아픈 줄 모르고 살았는데 박 선생님께 고맙더라고.
이성복의 시 한 구절이 떠오르는군.

'모두 병들었는데 아무도 아프지 않았다.'

사람들은 병들었지만, 병이 든지 모르지.
아플 시간이 없긴 해. 나도 그중 하나일 거야.

어르신이 내 옷을 쓰다듬으며 안경 너머로
나를 쳐다보았어.
어르신의 눈동자 속에서 뭔가 움직이고 있었어.
100미터 달리기 시작점에서 달릴 준비를 하는
움직임 같았어.

"내려가지 않고 있는 덩어리가 있구나. 괜찮다. 괜찮아."

어르신이 주먹을 쥐어 보였지.

내 뒤로도 줄이 길었기 때문에 나는 가벼운 목례만 하고
체 내리는 집을 나왔어.
돌아오는 길, 하귀리 길목에 있는 식당에서 낮술을
한 잔했어.

체 내리는 집 어르신은 옷을 수선하는 일을 했다더군.
동네에 걸인이 있었는데 그에게 오랫동안 밥을 주었대.
그가 세상을 떠나면서 어르신에게 고맙다고.
평생 걱정 없이 살게 해주고 싶다는 말을 남긴 후
아픈 사람들의 옷을 쓰다듬는 일을 하게 되었다더군.

세상에는 설명할 수 없는 일이 아주 많지.
사실 설명할 수 있을지도 몰라.
조금만 고민하고 여러 각도에서 관찰하고 역지사지
해본다면 이해하고 알 수 있는 일들도 있을 거야.

박 선생님에게 신세만 지고 서울로 돌아왔어.
서울에 도착해 집으로 가는 버스를 기다리는데
이제는 전생 같지도 않은 당신이 눈앞에 서 있더군.
내 전두엽 오른편 꼭대기에 당신은 항상 어깨를
기댄 채 앉아 있었지.
내가 당신을 생각하는 건지 당신이 나를 생각하는 건지
모르겠지만, 왜 아직 가지 않은 거야?
내게 할 말이 남아 있나.
보내주었다고 생각했는데 내 배웅이 부족했니.

살아온 시간이 발목을 붙들어.
붙들린 발목으로 조금씩 앞으로 나아가.
앞으로 나아가다가 기운이 없을 때는
나는 눈을 감고 이틀, 사흘쯤 앉아 있어 봐.
발목을 붙드는 것은 살아온 시간이었어.
그 시간 복판에 여즉 당신이 앉아 있는 것이지.

당신 덕분에 세상에 대해 알 수 있었던 일이 많았다면
알 수 없는 일도 생겼고.

어떻게 만나고 어떻게 이별했는가가 인생이라는
말이 있더라.
많이 고통스러우면 고통도 잊을 수고 있고,
많이 외로우면 고통이 그리워질 때가 있지.
어느덧 나는 아무 생각이 나지 않는 인간이 되었어.
아무 생각이 나지 않는 상태란 알아차리지 못했고
받아들이지 못한 무의식 덩어리가 몸 안에서 자리 잡고
있는 것을 받아들이는 것이지.
아무러면 어때.
인생은 예상을 빗나가는 반전의 보따리들이야.
'그랬구나.'
다른 수가 있을까.
뒤늦게 무릎 치고 아뿔싸! 외치면서 살다 가는 거
아닐까.

타인이 내 인생의 주제가 되는 것을 원치 않아.
타인이 인생의 주제가 되지 않으려면
부지런히 이해하고 떠나보내야 해.

이해하지 못한 채 이별하면 전두엽 오른쪽에 앉아 있는
당신처럼 함께 살게 돼.

이제는 대상을 이해하고 싶을 때 나는 대상의 몸으로
들어가 나를 바라보는 노력을 해봐.
서로를 함께 생각하던 시절에 이 방법을 알았더라면
지금이 달라졌을까 생각해본 적 있어.
쉽지는 않아.
한 번에 되지 않지. 여러 번의 노력이 필요해.

당신은 버스정류장에 서 있군.
나는 당신 곁으로 걸어가고 있어.
당신의 오른쪽 어깨 옆으로 도착했어.
당신을 바라보지.
가방을 왼쪽 어깨에 멘 당신도 나를 보고 있군.

천천히 나는 당신 몸 안으로 들어가.
하나, 둘, 셋…. 숨을 쉬어.
숨을 마시고 숨을 내셔 봐.
숨을 마실 때 배가 나오고, 숨을 내실 때
배는 허리로 부드럽게 닿지.

내 숨을 당신이 쉬는 숨의 속도에 맞추고 있어.
이제 우리는 같은 속도로 숨을 마시고 내시고 있어.
숨을 마실 때 우리의 횡격막이 함께 내려가고
숨을 내실 때 횡격막은 함께 제자리로 올라가.

당신의 두 눈 밖으로 내가 보인다.
하나, 둘. 셋…. 숨을 마시고 내셔 봐.

나는 저렇게 생겼구나.
말도 걸고 싶지 않은 얼굴이야.
경계하는 눈빛, 잃지 않으려는 어깨, 불친절한 손가락들.
나를 알고 지냈던 당신이 힘들었겠어.
이별하지 않은 상태를 유지하면서 살 수는 없었던 걸까.
너무 많은 당신과 이별했어.

오늘은 바람이 좋군.
천천히 당신 몸 밖으로 나가고 있어.
여전히 당신의 숨과 내 숨 쉬는 속도는 같았으면 좋겠네.
당신… 기척 없이 등을 돌려 걸어가는군.

횡단보도에 파란불이 켜지고,

당신은 길을 건너 걸어가.

파란불이 깜박거리고,

군중 속으로 당신이 사라지고 있어.

2022. 버스정류장에서.
용윤선 씀.

@ 니체F. W. Nietzsche께

무척 우연히 편지를 쓰게 되었습니다.
이 순간도 잘 믿기지 않습니다.
당신은 내 관심 밖 사람이었으니까요.
관심을 갖기에 당신은 너무 커다란 존재였답니다.
관심 밖에 있는 사람에게 이토록 관심을 갖고 생각하게
되다니 인생에서 예언할 수 있는 것은 없다는 말이
맞는 것 같습니다.
그러고 보면 사람들의 말은 다 맞는 것 같아요.
가벼워서 진지해 보이지 않는 말들조차 진리일 때가
있더군요.

살면서 극도로 경계하는 일이 같은 실수를 반복하는
일입니다.
같은 실수를 할 때 많이 괴로워한답니다.
그럴 때마다 떠오르는 말이 있습니다.
'이 모든 괴로움을 또다시.'

전혜린은 유고 산문집에서 숨 막히고 무서운 말이라고
했습니다.
그의 산문집 제목이기도 했지요.

전혜린을 알게 된 것은 어릴 적 읽었던
이미륵의 『압록강은 흐른다』였습니다.
그 당시 전혜린이 『압록강은 흐른다』의 번역가였습니다.
어릴 적에도 책을 읽을 때는 제목을 보고
차례를 살펴보는 일이 첫 순서였습니다.
그 다음은 저자 또는 번역가를 보았습니다.
그 다음은 출판사, 그리고 출간한 날짜입니다.
출판사가 위치한 주소와 발행인도 본답니다.
혼자만의 재미있는 놀이였던 것 같습니다.
혼자만의 재미있는 놀이는 지금도 여전하고요.
요즘은 책임 편집, 디자인, 마케팅, 인쇄소도 봅니다.
서점을 한 경험이 있어서라 생각할 수 있겠지만,
나는 어릴 적부터 그랬답니다.

그렇게 전혜린을 알게 되었고, 그의 산문집
『그리고 아무 말도 하지 않았다』를 읽게 되었지요.
『그리고 아무 말도 하지 않았다』라는 제목은 참

멋있습니다.
멋있는 제목 덕분에 일찍이 읽어뒀던 하인리히 뵐의
소설 제목이기도 했으니까요.
뵐의 『그리고 아무 말도 하지 않았다』도 참 좋은
소설입니다.

전혜린의 두 산문집 『그리고 아무 말도 하지 않았다』와
『이 모든 괴로움을 또다시』 그 외 전혜린에 관한 몇몇
책을 읽고 어느덧 다시 잊고 살았습니다.
그러나 같은 실수를 반복해 괴로움에 빠져 있을 때마다
몸 안 깊숙한 곳에서 감탄사처럼 올라오는 구절이
큰 위안이 되었습니다.

'이 모든 괴로움을 또다시.'

'분명 다른 사람들도 같은 실수를 반복하니까 이런 말이
생겼을 거야'라고 자신을 위안했습니다.
'전혜린의 한 구절이 어리석은 내게 힘을 주고 있구나.'
괴로울 때마다
'이 모든 괴로움을 또다시'를 외치며 살았습니다.

지금도 같은 실수를 여러 번 합니다.
넘치게 잘해주는 사람을 맹신하지 말아야 하는데
맹신했고, 미워도 미워하지 말아야 하는데 미워했고,
웃으면서 인사하고 헤어지고 싶었는데 그렇게 하지
못했습니다.
집에 와서 웅크려 누워 괴로웠습니다.
다른 실수도 많았습니다.
요즘은 자신이 친절하지 못해 괴롭습니다.
친절하지 못한 실수를 매일 반복하면서
'이 모든 괴로움을 또다시'라고 울부짖다가
잠이 듭니다.

'이 모든 괴로움을 또다시.'

당신이 했던 말이더군요.

'니체, 프리드리히 니체. 어려운 말만 잔뜩 하던
철학자였잖아. 이 말도 니체가 한 말이었다니?'

혼자 책상에 앉아 눈을 끔뻑거리다가 당신에 대해
살펴보게 되었습니다.

궁금한 사람이 생기면 그 사람에 대해 살펴보는 일도
어릴 적부터 해오던 혼자만의 놀이였습니다.
궁금한 사람이라면 영원한 배우 조인성을 제외하고는
모두 돌아가신 분들이지만요.
당신도 1900년도에 당신의 우주로 돌아가셨더군요.
자꾸 생각하고 살펴보게 되면 이해하게 됩니다.
그러다 좋아하게도 되는 것 같습니다.

당신은 천재였나 봅니다. 아마도요.
지금 나는 당신이 말한 '영원 회귀'에 잠깐 정차해
있습니다.
'영원 회귀'란 흠모했던 소설 『참을 수 없는 존재의
가벼움』과 『이 모든 괴로움을 또 다시』에서 다루고
있습니다.
나는 두 작품을 몇십 년 전에 읽었으면서도
영원 회귀에 대한 진지한 사유 없이 괴로움에 빠져
살았던 겁니다.

'아, 어리석은 인간이여!'

융에 대해 알게 되었을 때처럼 당신을 만난 지금

내 눈은 매우 반짝이고 있습니다.
사실 인간사가 모두 영원 회귀에 귀소될 겁니다.
쿤데라는 『참을 수 없는 존재의 가벼움』에서 니체의
영원 회귀로 많은 철학자가 곤경에 빠졌다고 했지만,
영원 회귀에서 벗어날 수 있는 것은 없을 거라고
믿습니다.

오랫동안 타인만을 살피느라 바빴습니다.
이런 태도가 얼마나 어리석었고,
자신을 불행하게 했을까요.
내가 미워하던 것은 바로 나였습니다.
자신을 살폈더라면 회한을 줄일 수 있었겠지요.

'영원 회귀'는 해석의 영역일 겁니다.
해석하는 사람에 따라서 다양한 의미로 태어날 수 있을
겁니다.
당신에게 고백하고 싶습니다.
'영원 회귀'에 관한 나만의 해석을요.
읽어봐 주세요. 니체.

영원 회귀는 지금에 집중해야 한다는 의미 같습니다.

계산 가능한 힘에 의해 되풀이하는 수밖에 없어도
의지가 있다면 다른 선택을 할 수 있을 겁니다.
그러므로 다른 길을 걸을 수 있을 것이고, 그 길에서
최선을 다하면 동일한 순환과 순서에서 벗어난
다른 순환과 순서를 창조할 수 있을 겁니다.

당신이 무덤에서 웃으면서 그럴 수도 있을 것
같습니다만.

"하하하, 좀 더 연구해보렴."

살면서 다른 발견이 오면 편지 하겠습니다.
이백 년 전에 알려주셨는데 지금 헤매다니요!

2022. 반짝이는 날.
용윤선 드림.

@ 세종대왕께

일 년 만에 춘희 씨를 만났습니다.
우리는 일 년에 한 번씩 만나거나 이 년에 한 번씩
만나지만, 늘 어제도 만난 것처럼 친근합니다.
커피만 마시고 헤어지기가 아쉬워 걸었습니다.
춘희 씨는 붉은 가디건을 입고, 나는 쥐색 가디건을
입었습니다.
전철역 앞에서 또 헤어지기가 아쉬워 길 건너
와인집에 들어가 한 잔씩만 마시기로 했습니다.
해는 이미 저물었고, 와인집 내부도 어두웠습니다.
춘희 씨와 나는 깔깔거리며 나이가 드니 어두운 실내가
위로가 된다고 입을 모았습니다.
할 말은 여전히 많았고요.
춘희 씨가 말했습니다.

"죽으면 끝이잖아."

그 말이 안타까웠지만, 끝이 아니라는 것을
설명할 엄두가 나지 않았습니다.
춘희 씨의 말이 안타까웠던 것이 아니라
설명할 엄두를 내지 못한 자신이 안타까웠을 지도요.

"몸은 사라지지만, 정신은 남는다고 해. 정신은
에너지잖아."

이 정도로 말하고 말았습니다.

며칠 후에는 최 선생님과 약속이 있었습니다.
최 선생님은 형님 같고 선배 같은 분이랍니다.

"윤선 씨, 세종대왕님 오른팔 방향에서 만납시다."

세종대왕님 오른팔 방향.

순간 머리의 문이 확 열리는 듯 시원한 기분을
맞이했습니다.
그날이 기다려졌지요.
지도에서 세종대왕님이 계시는 광화문광장을

찾아보았습니다.
광화문역 2번 출구로 나가면 당신에게 빠르게 갈 수
있더군요.
광화문은 최 선생님과 내가 함께 좋아하는 곳이랍니다.
자주 걸어 다니던 광화문광장에 들어서 당신에게 가는
길은 길지 않았지만, 특별했습니다.
최 선생님을 만나러 가는 것도 잠시 잊은 채 흠모하던
사람을 만나러 가는 길처럼 붕붕 뜬 채로 당신에게
가는 나를 느꼈습니다.

오래전 서울 중앙우체국에서 만나자던 사람이
떠올랐습니다.
그날도 이른 아침이었습니다.
중앙우체국의 역사에 대해
작은 목소리로 어눌하고 느리게 설명해줬던 사람.
사람은 까맣게 잊어버리고,
중앙우체국만 기억합니다.
누구를 만났는지보다는 어디서 만났는지가
기억에 오래 남는 것일까요.
세종대왕 동상이나 중앙우체국이라는 장소가 갖는
이미지가 사람이 남는 기억보다 더 짙은 것일까요.

앞으로 약속을 정할 때 진지하게 고민해봐야겠다는
생각을 했습니다.

당신의 동상은 거대했습니다.
실체적으로 다가왔지요.
당신의 오른팔마저도 거대하고 웅장했답니다.

오른팔 아래에 서 보았습니다.
설렘과 기쁨이 벅차올랐습니다.
횡격막이 내려갔다 올라가는 것을 느꼈습니다.
코로 들어온 숨이 목구멍을 통과해 식도로,
배로 들어와 몸을 채웠다가 들어온 길로
나가는 것이 느껴졌습니다.

존재를 증명하기 위해 일생 애쓰는 사람들이 있습니다.
나도 그랬습니다.
그 시간이 서글퍼질 때도 있었습니다.
세상 모든 것은 역할이 있었습니다.
존재는 증명하는 것이 아니었습니다.
존재 자체로 충분한 것일 텐데 아마도 무의식 속에
뽐내고 싶었던 마음이 있었나 봅니다.

당신 오른팔 아래 서 있어 보니 설렘과 기쁨에 이어서
나는 온전해졌습니다.

'땅 위에 두 발로 서 있는 나를 느껴. 내 직립은 온전하다.'

몇십 년간 온전하지 못하다고 생각했던 것일까요.
온전하고만 싶어 온 몸에 힘을 주고 살았던 걸까요.
당신 곁에 서 있는 순간을 맞이할 수 있는 축복이
지금에서 내게 온 걸까요.

당신의 오른팔 아래서 당신에게 소곤소곤 말했습니다.

"당신이 만들어놓고 가신 훈민정음을 우리는
한글이라고 부르고 있어요. 나는 글을 읽고 쓰는
일을 하고 있는데요. 당신이 훈민정음을 안 만들어
놓으셨으면 어떡할 뻔했나요. 나는요. 한글이 정말
좋아요. 아직도 표현하지 못한 이야기가 많이 있어요.
앞으로도 한글이 많이 필요해요. 세종대왕님, 글을
잘 쓰게 해주세요. 꼭이요."

햇빛이 길게 땅에 떨어지고, 하늘은 높고, 바람도 좋은 날이었습니다.
당신의 큰 사랑이 마음에 와 닿아서 설레고 기쁘고
온전해졌던 순간이었습니다.
참, 특별했던 순간에도 나는 원하고 있었군요.

최 선생님과 나는 점심을 먹고 많이 걸었고,
헤어질 무렵에는 커피와 자두 파이를 나눠 먹었지요.
최 선생님은 사람들이 잘 모르는 고즈넉한 길을 많이
알고 계십니다.
해 질 무렵에는 그 길들을 함께 걸었습니다.

며칠이 지난 오늘도 광화문광장에 계시는 당신의 동상과
걸었던 고즈넉한 길들이 눈에 선합니다.
다음 약속은 당신의 왼팔 방향에서 해야겠습니다.

뉴스를 보면 정치인들이 요즘도 매일 싸워요.
역사책을 보면 당신이 계시던 시절에도
정치인들은 많이 싸웠던 기록이 있습니다.
싸운다는 것은 에너지가 남아 있는 것이겠지요.
서로를 사랑하는 것 같습니다.
나는 그 사랑이 국민을 위한 사랑이라고 믿고 있습니다.

당신이 궁금해하실까 봐 살짝 알려드립니다.

편지가 길었습니다.

곧 당신의 왼팔 방향에서 다시 뵙겠습니다.

2022. 눈에 선해서.

용윤선 드림.

@ 용윤선에게

오늘도 서재에 가서 책을 읽고 싶어
아침 일찍 서둘렀지.
매일 서두르지만, 잘되지 않는 날이 많았어.
서두른다는 말보다는 부지런히 준비한다고 생각하고
말하고 싶었는데 말이야.

어제는 서재 근처에 맥주를 200밀리미터 잔으로 파는
식당을 발견하게 되어 기뻤지.
술이 많이 줄긴 했지만,
매일 한 잔은 여전히 즐겁게 하더구나.
언제가 술을 마시지 못하는 날이 온다면 많이 슬플지도
모르겠다는 생각을 가끔 한다.

기억하렴.
상상해보지 못한 일들이 인생에서는 일어난다는 것을.
불안하게 하고 싶어서가 아니라 그런 날이 오더라도

힘을 잃지 말라는 의미란다.

어제 식당에서 200밀리미터 맥주를 여러 번에 나눠
즐겁게 마시는 모습은 옛날 어느 여행지에서의 모습
같아서 좋았다.
그렇게라도 잠시 겹칠 수 있는 순간과의 조우는
반짝이지.

옆 테이블에는 젊은 남녀가 들어와 앉았지.
두 사람은 만난 지 얼마 안 된 모양이더구나.
존댓말을 쓰고 있었고, 서로에게 어떤 메뉴를
좋아하는지 물어보더군.
궁금한 사람이 있다는 것은 좋은 일이었다.
아무도 궁금해지지 않는 시절이 올 수 있다고 생각해본
적이 있는지.
고통도 그리울 때가 생긴다는 두려운 말처럼 말이야.

인생은 생각을 비껴나갔지.
그래서 생각이란 힘이 없어.
흔히 생각 없이 말한다는 말이 있는데 평소에 무슨
생각을 하며 사는가가 그 사람의 말을 결정하니까.

평소 생각이 견고하다면 생각하고 말을 해야 한다는
태도에서 자유로워질 수 있을지도.
너무 늦게 안 것 같지만, 이제라도 알았으니 다행이다.

그러고 보면 말이지.
어떤 일을 하면서 잃는 것은 없는 것 같다.
잃어서 얻게 되는 것 같아.
잃지 않고 얻을 수 없더라고.
오랫동안 잃지 않으려고 애를 썼지.
뭔가 크게 잃었다고 여겨지는 일이 있었던 거니?
얻은 것이 있었을 텐데 잃은 것에만 매달린 것은 아닌지
모르겠구나.

최근에 알아차리게 된 것인데 몸을 꽉 조이고 있더군.
목, 가슴, 배, 그리고 다리를 꽉 조이고 몇십 년을
살았더군.
일할 때는 더 그렇고, 걱정이나 조바심을 낼 때는
조인 몸으로 숨을 쉬느라 많이 고통스러워하더군.
그러므로 건조해진 목, 철판 같은 가슴, 울퉁불퉁한 배,
그리고 짧아진 허벅지 뒤쪽이 괴로웠던 거야.
저릿한 허벅지 외측은 잘 구부러지지 않는 검지발가락과

관련이 있었던 것이고.

이런 것들을 알아차리기까지 많은 일이 있었지.
아무 일도 없었다면 몸이 편안했을까.
가끔 궁금하기도 해.
생명은 유한하지만, 생각보다 긴 것 같아.
자신을 알아차리는 일은 쓰라린 일이더군.
계속 두드려 맞는 일이었다.
차라리 타인을 흉보면서 떠드는 일이 덜 괴롭지만,
이미 자신을 알아차리게 되면 타인을 생각할 이유는
없어지지.
벌을 받은 것 같기도 했어.

되풀이되는 생각으로 자신을 만들게 되더라.
무슨 생각을 많이 하느냐.
즉 평소에 하는 생각들이 모여 자신이 되는 것이지.
요즘은 어떤 사람을 만나도 그에게서 0을 가져올지,
30을 가져올지, 100을 가져올지 알게 되는 것 같아.
주고 싶은 사람을 만날 때도 있고.
이 세상에 마이너스는 없는 것 같아.
마이너스가 플러스더라고.

0으로 와서 0이 되어 다시 돌아가는 건가 봐.

어느 정도 살아왔으면 가진 것 중에 절반은 세상에
내어줄 수 있어야 한다는 말이 있지.
지금도 화살촉이 되어 박혀 있다.

용윤선, 무엇을 줄 수 있겠니?
무엇을 주려고 하고 있니.

2022. 서재에서.
용윤선 씀.

작가의 말

의자에 앉아 있으면 쓸 수 있다는 것을 안다.
정해놓은 만큼 쓸 때까지 일어나지 않는다.
의자에 앉기 위해, 앉고 싶어서….
밤새 꿈을 꾸고 몸을 씻고 커피를 정성스레 내려 마시고
밥을 챙겨 먹고 의식처럼 책을 읽고 그 다음에 나는 쓴다.
무슨 이야기를 쓸 것인가에 대한 계획이나 소망은 없다.
무작정 앉아 있다가 정신을 차려보면 이미 썼다.
어떤 날은 밖이 어두워져 있고, 어떤 날은 생각보다 빨리
썼을 적도 있었지만, 빨리 쓴 날은 안절부절 못하였다.
집에 돌아가는 길에는 고칠 부분을 마음에 새기며
걸었다.

쓴 글은 해버린 말처럼 회한으로 남는다.
쓰지 않을 때보다 붙들고 쓰고 있을 때가
살고 있다는 증명이다.
쓰지 않는 시간들은 쓰기 위한 시간을 위한 것이다.
새롭게 태어나기 위해 죽었던 것처럼.

지난 책들은 쓰면서 애가 탔는데
이번 책은 쓰고 나서 애가 탔다.
애가 탈 때마다 몸 속 세포가 죽어가는 것을 느낀다.
그래도 살아 있는 나를 바라보며 세상에 매일 미안했다.

2023. 봄.

용윤선 씀.

용윤선 서간집
다시 앉는 밤

초판 1쇄 발행 2023년 4월 24일

글 용윤선

편집 김유정
디자인 피크픽

펴낸이 김유정
펴낸곳 yeondoo
등록 2017년 5월 22일 제300-2017-69호
주소 서울시 종로구 부암동 208-13
팩스 02-6338-7580
메일 11lily@daum.net
ISBN 979-11-91840-35-3 03810

이 책의 일부 또는 전부를 사용하려면 저작권자와 출판권자 양측의 동의를 받아야 합니다.
책값은 뒤표지에 적혀 있습니다.